かぎろいのうた

よみがえる人麻呂

田原明紀

海鳥社

はじめに

第一部は万葉集への疑問を追求したものです。万葉集を開いてみたところ、歌よりも注釈の方が気になって仕方がありませんでした。それは次のようなものです。

三〇八番題詞「高市連黒人が歌」、左注「右の歌は或本には小弁が作といふ」
九五八番左注「右は笠朝臣金村が歌の中に出づ。或いは車持朝臣千年が作といふ」
二三一九番左注「右は柿本朝臣人麻呂が歌集に出づ。或本には三方沙弥が作といふ」

庶民の歌ならいざ知らず、宮廷に出入りする歌人の歌の作者がわからないはずがありません。ですから注釈は作者候補を二人並べたわけではなく、二人は同一人物ですよと明かすために入れられたのではないかと考えました。歌人たちはいくつかの名を使い分けて歌を詠んだのではないでしょうか。その目で万葉集を読み直していると、正体不明とされている歌人たちの様子がおぼろげながら浮かんできました。額田王や柿本人麻呂の正体にも少しは近づくことができたような気がします。

第二部は、『魏志』倭人伝や『日本書紀』に抱いていた疑問を、自分なりに解いたものです。一節一テーマにしていますのでどこからでも読むことができます。興味あるページからどうぞ。

令和六年七月吉日

田原明紀

かぎろいのうた
よみがえる人麻呂

目次

第2部　古代史こぼれ話

かぎろいのうた

第1部

序章

万葉集に疑問あり

『万葉集』を読んでの疑問です。

①古歌の存在を疑う

歌は本当に五世紀から詠まれていたのか。万葉集四千五百余首の歌のうち五世紀から七世紀前半にかけてのものはわずか二十四首で作者は九人だけです。もし五世紀から詠まれていたのであればもっとたくさんの歌人がいて、もっとたくさんの歌が残されていたように思います。古歌二十四首は後世に作られたものではないでしょうか。

②作者が二人の歌がある

庶民の歌であれば作者がわからないこともあるでしょうが、問題にしているのは宮廷で詠まれた歌です。たとえば八番「熟田津《にきたつ》に」の題詞《だいし》は「額田王《ぬかたのおおきみ》が歌」なのに、左注《さちゅう》は「(斉明)天皇の御製なり」となっています(歌の前にある説明書きを「題詞」、うしろのものを「左注」といいます。題詞や左注は歌の意味を考えるうえでも、詠まれた状況を知るうえでもとても参考になるものです)。

また三十三番「白波の」では「川島皇子《かわしまのみこ》の作らす歌、或いは山上臣憶良《やまのうえのおみおくら》作る」です。天皇や皇子が関わっている歌の作者がわからないはずがありません。それでも二人の作者が挙げられているのです。万葉集にはこのような例がほかにもたくさんあります。どういうことでしょう。

③宮廷歌人は何者か

宮廷歌人とは朝廷の儀式、弔事、行幸《ぎょうこう》などで歌を詠んで仕えた人のことです。柿本人麻呂《かきのもとのひとまろ》のほか額田王、高市黒人《たけちのくろひと》、山上憶良、長忌寸意吉麻呂《ながのいみきおきまろ》、笠朝臣金村《かさのあそんかなむら》、高橋虫麻呂《たかはしのむしまろ》、山部赤人《やまべのあかひと》、車持千年《くるまもちのちとせ》、田辺福麻呂《たなべのさきまろ》などがいますが、全員正体不明です。正史とされる『日本書紀』や『続日本紀』にもほとんど出てきません。身分が低かったためとされていますがそのようなことがあるでしょうか。

歌人たちは朝廷の儀式や行幸に何度も携わっています。身分が低いために無視されたなど考えられません。額田王は天武天皇や天智天皇に召された女性ですし、山上憶良は伯耆《ほうき》守や筑前守を歴任していますから無視されるほど低い身分ではありません。なのに額田王が『日本書紀』に、山上憶良が『続日本紀』にチラリと登場するだけです（以下『日本書紀』は書紀、『続日本紀』は続紀とします）。

第1章　古歌は存在していたか

古歌はなかった

三つの疑問に対する答えを探しましょう。では最初の疑問、七世紀前半までの歌とされる二十四首は本当に古くに詠まれたものか、それとも後世の作か。その内訳は以下のとおりです。

五世紀前半の磐姫皇后《いわのひめ》五首、八田皇女《やた》一首。五世紀後半の木梨軽太子《きなしかる》三首、衣通王《そとおり》一首。六世紀初の雄略天皇二首。七世紀初の上宮聖徳皇子一首。七世紀前半の舒明天皇五首、間人連老《はしひとのむらじおゆ》一首、軍王《こにきし》の二首、作者不詳二首。うち雄略天皇の一首は舒明天皇の、舒明天皇の四首は斉明天皇の歌ともされています（磐姫皇后から雄略天皇の時代は私説により年代修正しているため、書紀の年代とはズレがあります。年代は次のように修正しています。書紀の安閑二［五三五］年以前は今の一年を春と秋に分けて二年として数えていた。よって二分の一で計算しなおすと、四五六年と考えられている雄略元年は四九六年に、三一三年と考えられている仁徳元年は四二四年になります）。二百年間に二十四首では少なすぎますし、歌人も九人ではさびしすぎです。歌が五世紀から詠まれていたのであれば允恭天皇や清寧天皇、推古天皇も詠んだに違いないと、勝手ながら想像します。
しかし允恭天皇や推古天皇の歌はないので、七世紀前半までは歌が詠まれた時代ではなく、二十四首は後世に作られたように思うのです。そのようなことがあり得るかどうか、検討してみましょう。歌を時代順に並べてみました（下の数字は万葉集に収録された順に番号を振ったものです）。

磐姫皇后、（仁徳）天皇を偲ひて作らす歌

君が行き日《け》長くなりぬ山尋ね迎へか行かむ待ちにか待たむ　（八五）
右の一首の歌は山上憶良臣が類聚《るいじゅ》歌林《かりん》に載す

かくばかり恋ひつつあらずは高山の岩根しまきて死なましものを　（八六）
ありつつも君をば待たむうち靡く我が黒髪に霜の置くまでに　（八七）
秋の田の穂の上に霧らふ朝霞いつへの方に我が恋やまむ　（八八）
居明かして君をば待たむぬばたまの我が黒髪に霜は降るとも　（八九）

難波（仁徳）天皇の妹（八田皇女）、兄に奉上する御歌

一日こそ人も待ちよき長き日をかくのみ待たば有りかつましじ　（四八七）

軽太子を伊予の湯に流す。この時に衣通王、歌ひて曰く

君が行き日《け》長くなりぬ山たづの迎へを行かむ待つには待たじ　（九〇）

古事記に検すに「木梨軽太子が自から死にし時に作る」といふ

こもりくの　泊瀬《はつせ》の川の　上つ瀬に　斎杭《いくい》を打ち　下つ瀬に　真杭《まくい》を打ち……　（三三七七）

年渡るまでにも人はありといふをいつの間にもぞ我が恋ひにける　（三三七八）

世間《よのなか》を厭《う》しと思ひて家出せし我れや何にか還りてならむ　（三三七九）

（雄略）天皇の御製歌

籠《こ》もよ　み籠持ち　掘串《ふくし》もよ　み掘串持ち　この岡に　菜摘ます子　家告《の》らせ　名告らさね　そらみつ
大和の国は　おしなべて　我れこそ居れ　しきなべて　我れこそ居れ　我れこそば　告らめ　家をも名
をも　（一）

上宮聖徳皇子、竜田山の死人を見て悲傷《かな》しびて作らす歌

家ならば妹が手まかむ草枕旅に臥《こ》やせるこの旅人あはれ　（四一八）

（舒明）天皇、香具山に登りて国を望たまふ時の御製歌

大和には　群山あれど　とりよろふ　天の香具山　登り立ち　国見をすれば　国原は　煙立ち立つ　海
原は　鷗立ち立つ　うまし国ぞ　蜻蛉《あきづ》島　大和の国は　（二）

（舒明）天皇遊猟《みかり》したまふ時に中皇命《なかつすめらみこと》の間人連老をして献らしめたまふ歌

やすみしし　我が大君の　朝には　取り撫《な》でたまひ　夕には　い寄り立たしし　み執らしの　梓の弓の
中弭《なかはず》の　音すなり　朝狩に　今立たすらし　夕狩に　今立たすらし　み執らしの　梓の弓の　中弭の

音すなり
たまきはる宇智《うち》の大野に馬並《な》めて朝踏ますらむその草深野　（四）

（舒明天皇）、讃岐の国の安益《あや》の郡に幸す時に軍王が山を見て作る歌
霞立つ　長き春日の　暮れにける　わづきも知らず　むらきもの　心を痛み　ぬえこ鳥　うら泣き居れば　玉たすき　懸けのよろしく　遠つ神　我が大君の　行幸の　山越す風の　ひとり居る　我が衣手に　朝夕に　返らひぬれば　ますらをと　思へる我れも　草枕　旅にしあれば　思ひ遣る　たづきを知らに　網の浦の　海人娘子《あまおとめ》らが　焼く塩の　思ひぞ焼くる　我が下心　（五）

山越しの風を時じみ寝る夜おちず家にある妹を懸けて偲ひつ　（六）

右は日本書紀に検《ただ》すに讃岐の国に幸すことなし。軍王も詳らかにあらず。ただし類聚歌林に曰く「紀の十一年十二月、伊予の温湯の宮に幸すといふ　云々」

一書には「宮の前に二つの樹木あり。この二つの樹に斑鳩《いかるが》と比米《ひめ》との二つの鳥いたく集《すだ》く時に勅して多に稲穂を掛けてこれを養《か》はしめたまふ。すなはち作る歌　云々」といふ

以下の七首は略します。（雄略）天皇の御製歌一六六八、作者不詳一六六九、一六七〇、岡本（舒明あるいは斉明）天皇の御製四八八、四八九、四九〇、一五一五（一六六八とほぼ同じ歌）。

二十四首が本当に古くに詠まれたとしたとき、磐姫の歌は四三〇年から四四〇年頃、八田皇女の歌は四三五年頃、衣通王の歌は四八五年、木梨軽太子の歌は四九四年、雄略天皇の歌は五〇〇年前後のものと考えら

れます。上宮聖徳皇子の歌は書紀の記事から六一三年に特定できます。舒明天皇と間人連老の歌は六三〇年代、軍王の歌は左注「紀の十一年」の翌春十二（六四〇）年に詠まれたと考えられます。少しの歌が約二一〇年間に飛び飛びで残されたことになり、五世紀からずっと詠み継がれてきたようにはみえません。それに歌集の初めに間人連老（三、四番）や軍王（五、六番）など未詳の人物の歌が並んでいるのも理解できません。特に五、六番は軍王が妻を想う私的な歌ですから歌集のスタートにふさわしいとは思えません。どのような理由でこの位置に収録されたのでしょうか。

歌を読み直していて八五番と九〇番が似ていることに気がつきました。作者も時代も違いますが、どうも同じ人が詠んだように思われます。どちらも『類聚歌林』に収録されていたので山上憶良が真の作者ではないでしょうか（『類聚歌林』は憶良の歌集です。残念なことに現存していません）。詠み人不詳の歌八七一番「君が行き日長くなりぬ奈良《なら》道《ぢ》なる山斎《しま》の木立も神さびにけり」も似ています。憶良が筑紫を去った大伴旅人に贈ったもののようです。であれば、八五番も九〇番も憶良作と考えてよいように思います。ほかの歌はどうでしょうか。八七番「我が黒髪に霜の置くまでに」、八九番「我が黒髪に霜は降るとも」は憶良の八〇八番「か黒き髪にいつの間か霜の降りけむ」に似ています。また八七、八九番ともに「君をば待たむ」の一文があります。憶良は「松」や「待つ」を好んで使ったようです。六三番「待ち恋ひぬらむ」、一四五番「松は知るらむ」、三四〇番「我を待つらむぞ」などもあります。八七、八九番も憶良作のようです。

残りの二十首は柿本人麻呂の歌に似ているように思います。

- 八六番「高山の岩根しまきて」は人麻呂の二二三番「鴨山の岩根しまける」に似ています。
- 四八七番「一日こそ」は二二三八番の「一日には」に似ています。

●四八七番「有りかつましじ」は人麻呂歌集の二四七四、二四八五番で使われています。
●三二七七番「こもりくの泊瀬の川」は四五番と四三一番の「こもりくの泊瀬の山」と似ています。
●三二七七番「上つ瀬に……下つ瀬に……」は三八番と一九六番で使われています。
●三二七八番「我が恋ひにける」は二四三〇番「我れ恋ひにけり」が似ています。
●三二七九番「世間を」は三五四番（沙弥満誓《さみまんぜい》名）「世間を」と同じです（満誓については後述）。
●一番「おしなべて」には四五番に「禁樹押しなべ」「小竹を押しなべ」があります。
●四一八番と五番の「草枕」は四五、一九四、四二九番で使われています。
●二番の「登り立ち国見をすれば」は三八番に「登り立ち国見をせせば」があります。
●三番「やすみしし我が大君」は三八、四五、一九九、二四〇、二六三番にあります。
●四番の「馬並めて」は四九番と二四〇番にあります。
●五番の「ぬえこ鳥」は一九六番に「ぬえ鳥」で出ています。
●同じく五番の「ますらをと思へる我れも」は一三五番で使われています。

以上十一首は歌が類似していることから人麻呂作と考えられます。結局、古歌とされていた二十四首は憶良と人麻呂が詠んだものだったのです。第一の疑問に対する答えは「古歌はなかった」です。

万葉集は人麻呂に始まる

万葉集は大伴家持が編集したとする説が有力ですが、二十巻のうち巻一と二だけは人麻呂が編んだと考えます。その理由は巻一、二に人麻呂が詠んだと考えられる歌が多いためです。人麻呂は王朝内で起きたできごとで、自分が知っていることは良いことも悪いことも、おおやけにされたことも隠されていることもすべて歌に残そうとしたのでしょう。昔のことについては当時の人に成り代わって詠んだのです。それが雄略天皇や舒明天皇の歌として残されたのです。なかでも一番から六番は人麻呂が歌集の頭にわざわざ収録したのですから、特に重要なものであったでしょう。それらの歌には王朝が隠そうとした事実がこっそり読み込まれているに違いありません。

もちろん、あからさまに読むことはできません。ですから表面上は「求婚の歌（一番）」「国見の歌（二番）」「狩りの歌（三、四番）」「妻を偲ぶ歌（五、六番）」を装っているのです。一番から六番の歌の真意を探ってみましょう。

〈一番　雄略天皇「籠もよ　み籠持ち」の歌〉

《一般的解釈》

上等な籠とふくし（へら）を持って岡の菜を摘んでいる娘に大和を治める大王が家と名を尋ねる（求婚する）歌。

《歌が詠まれた背景（私説）》

やまとの国は湯布院で誕生した（以下、倭《やまと》とします）。その後、大分に移った（以下、大倭《やまと》とします）。大倭から枝分かれして奈良に王朝ができた（以下、大和《やまと》とします）。大倭の大海人《おおあま》皇子が大和の王権を奪取し天武天皇となった。天武天皇は大倭出身であることを隠して大和の正統な後継者（舒明・斉明天皇の子）に成りすました。このウソを貫くために元明天皇は倭・大倭王朝の存在を隠蔽する政策をとった。倭や大倭のできごとを大和で起きたこととしただけでなく風土記編纂命令によって倭・大倭王朝関連地名を抹消した。

《歌が詠まれた意図・理由》
大和の母国である大倭の名を後世に残そうとした。
《歌に関わる人物や語句の分析》
表向きの作者は雄略天皇だが、人麻呂が草壁皇子《くさかべ》に成り代わって詠んだもの。「泊瀬」は草壁皇子がたびたび訪れたお気に入りの場所。また、雄略天皇が都を定めたところでもあり、天皇の名も大泊瀬稚武《おおはつせわかたける》なので雄略から泊瀬、泊瀬から草壁皇子が連想される。草壁皇子は元明天皇の夫だが、歌が詠まれたときすでにこの世の人ではなかった。墓所が真弓の丘にあることから岡宮《おかのみや》天皇と呼ばれた。「菜摘ます子」は元明天皇、「上等な籠とふくし」は強い権力。「この岡」は草壁皇子の墓所、「菜」は草壁皇子の名の草であり、かつ大倭を指す。
《新しい解釈》
権力を駆使して大倭を消してしまおうとしている私の妻よ。真実を隠すのはやめなさい。かつては私も政治に関わってきた者であるからして、あなたがどうしても隠そうとするのであれば、私が墓中からでも明らかにしてしまいますよ。

〈二番　舒明天皇「大和には　群山あれど」の歌〉
《一般的解釈》
大和には多くの山があるが、最も近い天の香具山に登り立って国見をすれば、広い平野のあちこちから炊煙が立ちのぼっている。海原には白いカモメの群れがしきりに飛び交っている。すばらしい国だ、大和の国は。
《歌が詠まれた背景（私説）》

一番に同じ。

《歌が詠まれた意図・理由》

大倭がどのような国であったか表した。

《歌に関わる語句の分析》

「群山」は由布岳、鶴見岳、内山、高崎山など大分の山々。「とりよろふ」は「取り上げるなら」の意味、「天の香具山」は鶴見岳、「国原は煙立ち立つ」は別府の湯煙、「海原はかまめ立ち立つ」は別府湾でカモメが乱舞している、「あきづしま」は別府湾。

《新しい解釈》

今はもう名もない国になってしまったが、大倭にはたくさんの山がそびえていたことだ。なかでも鶴見岳はとりわけすばらしい山で、山に登って国見をすれば海へと続く坂のあちこちから湯煙が上がるのが見え、海ではたくさんのカモメが舞っているのが見えた。何とすばらしい国であったことだろうか、大倭の国は。

〈三番、四番　間人連老「やすみしし　我が大君の」「たまきはる宇智の大野」の歌〉

《一般的解釈》

日本の国の隅々までお治めになっている我が大王が朝には撫でるように取り上げ、夕にはいつもそばに立て掛けている梓の弓の中弭の音が聞こえてくる。大王はいま、朝狩りに出かけるところであろう、夕狩りに出かけるところであろう。愛用の弓の中弭が鳴っている。

（反歌）今頃は宇智の大野の朝露に濡れた深草の中に馬を並べていることであろう。

《歌が詠まれた背景（私説）》

大和王朝の人質である百済王子豊章《ほうしょう》は舒明天皇が崩御すると王朝乗っ取りを画した。皇后の宝《たから》皇女を籠絡し、蘇我倉山田石川麻呂《そがのくらやまだのいしかわまろ》を味方に引き入れて蘇我氏を二分し、蘇我入鹿《いるか》殺害に成功した（乙巳《いっし》の変）。軽《かる》皇子を即位させ孝徳天皇としたあと、用済みの石川麻呂を自死させた。次に孝徳天皇を死に追いやり、宝皇女を即位させて斉明天皇とした。自身は天皇の子に成りすまし中大兄《なかのおおえ》皇子を名乗った。次に有間《ありま》皇子（孝徳天皇の子）を処刑した。

《歌が詠まれた意図・理由》

中大兄皇子が油断のならない男であることを暗示した。

《歌に関わる人物や語句の分析》

「天皇遊猟したまふ時」は天皇存命を装ったもの。「中皇命」は間人皇女（舒明天皇と宝皇女の娘）、「間人連老」は人麻呂の別名。「やすみしし我が大君」は八角形墳の中で眠っている大王（よって歌は舒明天皇崩御後のこと）。「み執らしの梓の弓の中弭の音すなり」は天皇愛用の弓が誰も触れていないのに鳴りだしたこと。

《新しい解釈》

ああ、わが大王が愛用していた梓の弓がひとりでに鳴っている。大王は墓中から中大兄皇子を射ようとしているのだろうか。それとも中大兄皇子に気をつけよと娘の間人皇女に警告しているのだろうか。大王は死に切れないのだなあ。

（反歌）大王の魂は大野の深草のなかで狩りを始めようとしているのだろうか。

〈五番、六番　軍王「霞立つ　長き春日の」「山越しの風を時じみ」の歌〉

《一般的解釈》

なかなか暮れ切ってしまわない春の夕、妻を想って心を傷めていると、我が大王の行幸先から山を越えて吹いてくる風が朝に夕に「帰れ帰れ」というように私の衣をひるがえす。俺は男だと思いながらも旅先のことでもあり、寂しさをまぎらすすべも知らない。まるで網の浦の娘たちが焼いている塩のように私の心も焼けている。

（反歌）山越しの風は夜も止まずに吹いてくるので、家に残してきた妻を夜毎偲んでいる

《歌が詠まれた背景（私説）》

推古天皇崩御のあと、田村皇子（のちの舒明天皇：蘇我蝦夷《えみし》は同一人物）と山背大兄王《やましろのおおえ》が後継を争った。即位後にあっても舒明天皇は山背大兄王が目障りでしかたなかった。天皇は伊予行幸に山背大兄王を誘い出し、道中での暗殺を画した。刺客の密命を帯びて網の浦に潜んだのが軍王。

《歌が詠まれた意図・理由》

三、四番での舒明天皇は中大兄皇子への恨みから墓中で呻吟しています。その舒明天皇も実はこのような人であったと暴露したのが五、六番。歌そのものは一般的解釈のとおり。人麻呂が言いたかったことは歌よりも左注にあって、この左注を言いたいがために軍王の歌を五、六番に収録した。

《歌に関わる人物や語句の分析》

「讃岐の安益の郡」は香川県綾歌郡《あやうた》。「網の浦」は香川県宇多津町《うたづ》の港で、難波から伊予へ向かう船が立ち寄るところ。「軍王」は「詳らかにあらず」とされているが、上毛野君形名《かみつけのきみかたな》。形名は舒明九（六三七）年、将軍に任じられて蝦夷を討っている。上毛野君とあるので群馬県か栃木県の人。蝦夷との戦いでは形名の妻も

自ら剣を取り、弓を張ったとある。

「紀の十一年」は舒明十一（六三九）年、「伊予の温湯」は愛媛県松山市の道後温泉、「宮の前の二つの樹木」のうち一木は花橘（理由は後述）。「斑鳩」は山背大兄王と舂米王《つきしね》の息子たち（難波王、弓削王《ゆげ》、甲可王《こうか》、尾張王《おわり》）で、「比米」は娘たち（末呂女王、佐々女王《ささ》、三嶋女王《みしま》）。「時に勅して稲穂を掛けてこれを養はしめたまふ」は山背大兄王の王子、王女を歓待したこと。

《新しい解釈》

新しい解釈なし。一般的解釈でよい。

《分析説明》

実は五、六番だけでは人麻呂の真意をつかむことはできません。作者不詳の歌三二五三番と合わせて初めて理解できるように仕組まれていました。

近江の海　泊り八十あり　八十島の　島の崎々　あり立てる　花橘を　ほつ枝に　もち引き懸け　中つ枝に　斑鳩懸け　下枝に　比米を懸け　汝が母を　取らくを知らに　汝が父を　取らくを知らに　いそばひ居るよ　斑鳩と比米と
（三二五三）

この歌は巻十三の収録で五、六番とは位置が離れています。場所も伊予ではなく近江《おうみ》ですから五、六番と関連することに誰も気がつかなかったのです。しかし、歌が五、六番の左注に関わっていることは明らかです。この歌も人麻呂が詠んだのです。舒明天皇の策略を暴露するものですから作者不詳とし、場所も近江に変えてあるのです。

歌の一般的解釈は「琵琶湖の島々に生えている花橘の上枝にとりもちを仕掛け、中枝に斑鳩を掛け、下枝に比米を掛けて斑鳩と比米の父母を捕らえようとしている。なのに斑鳩も比米もそうとは知らず、戯れ遊んでいるよ」です。人物と語句の分析です。

「斑鳩・比米の父」は山背大兄王。大兄王の宮が斑鳩宮であることからわかります。「斑鳩・比米の母」は大兄王妃の舂米王。とりもちを仕掛けた樹が橘なので左注の「二つの樹木」のうち一つは橘です。左注から「もちを引き掛けた」のが舒明天皇であることがわかります

関連する歌がもう一つあります。五、六番や三二五三番から時を経て詠まれたもののようです。

山部宿禰赤人、伊予の温泉に至りて作る歌

すめろきの……伊予の高嶺の　射狭庭の　岡に立たして　歌思ひ　辞思ほしし　み湯の上の　木群を見れば　臣の木も　生ひ継ぎにけり　鳴く鳥の　声も変わらず……（三二五）

歌の「臣の木」は何の木かわからず謎とされていますが、「二つの樹木」のうち一つが臣の木と呼ばれていたとわかります。もう一つの木は伊予国風土記の「御殿の入り口に椹《むく》と臣の木があった」からムクノキとわかります。二本のうち一つがムクノキですから臣の木は「もち引き掛けた橘」ということです。「臣」は庭に橘を植えていた左大臣　橘《たちばなのもろえ》諸兄のことです。天平十六（七四四）年、太上皇（元正天皇）が諸兄宅で宴を催し、庭の橘を愛でたことから橘を臣の木と呼んだのです。

《事件の成り行きと帰結》

舒明天皇は山背大兄王が目障りでしかたありませんでした。天皇の武力を以ってすれば大兄王を倒すこともできたでしょうが、大義名分がない武力行使に周囲の反発は必至です。それで暗殺を画したのです。伊予の湯への行幸に大兄王の子供たちを誘い出します。王子・王女を歓待したことは言うまでもありません。そ

のような下準備をすませたうえで大兄王夫妻に誘いをかけました。軍王を網の浦に潜ませたのはもちろんです。軍王が網の浦で闇討ちを掛ける手はずでした。天皇近辺の兵を動かしたのでは大兄王に気づかれないわけがありません。そのため遠く上毛野から密かに軍王を呼び出したのです。ところがいつまで待っても夫妻は動きません。十二月に罠を仕掛け、待ちに待ってもう三月。軍王は闇討ちなど嫌だったのですが勅命とあって不承不承受けたのです。そのうえ四カ月にわたる潜伏を余儀なくされた軍王は望郷の念に駆られます。歌に「長き春日の暮れにける」とあるように長い日々を悶々と過ごした軍王の心は妻で占められていました。四月、粘りに粘った天皇もついに諦めて帰京します。結局は何事もなく終わりました。しかし、何の記録も残らないであろうできごとを人麻呂は歌に留めずにはいられなかったのです。蘇我氏の二大勢力はこのあとも折り合うことなく、皇極二（六四三）年、蘇我入鹿が山背大兄王一族を滅ぼしてしまいます。

記紀歌謡も人麻呂の歌

磐姫や衣通王、上宮聖徳皇子の歌が古事記や書紀にも出てきます。万葉集の古歌同様に憶良と人麻呂が詠んだと考えます。記紀の約二百首の歌のなかには人麻呂が磐姫、衣通王、聖徳皇子以外の名で詠んだ歌もあるとみられます。人麻呂作と思われる歌を記紀からそれぞれ三つずつ選びました。

〈古事記から〉

①（景行天皇のとき）倭建《やまとたける》命が出雲建《いずもたける》を撃ち殺して

「やつめさす　出雲建が　佩ける刀　黒葛さは巻き　さ身無しにあはれ」

歌は人麻呂の四三三番「八雲さす出雲の子らは」、四一八番「旅に臥やせるこの旅人あはれ」に似ています。

②（景行天皇のとき）美夜受比売《みやずひめ》の歌
「高光る　日の御子　やすみしし　我が大君　あらたまの　年が来経れば……」

やはり人麻呂の歌に似ています。一六七番「高照らす日の御子」、一九九番「やすみしし我が大君の」、二四〇番「やすみしし我が大君高照らす我が日の御子の」、二六三番「やすみしし我が大君高照らす日の御子」など。

③（允恭天皇のとき）軽太子の歌
「隠りくの　泊瀬の山の　大峰には　幡張り立て……後も取り見る　思ひ妻あはれ」

四三一番「こもりくの泊瀬の山の山の際に」に似ています。


〈日本書紀から〉
①（允恭天皇のとき）衣通郎姫《そとおりのいらつめ》の歌
「とこしへに　君も会へやも　いさな取り　海の浜藻の　寄る時時を」

一三一番と一三八番「鯨魚取り海辺を指して」、二二〇番「鯨魚取り海を畏み」に似ています。

②（雄略天皇のとき）天皇が泊瀬に遊猟しての歌
「隠国の　泊瀬の山は　出で立ちの　よろしき山　走り出の　よろしき山の……」

古事記の③に同じです。

③（継体天皇のとき）春日《かすが》皇女の歌
「隠国の　泊瀬の川ゆ　流れ来る……我が見せば　つのさはふ　磐余《いわれ》の池の　水下ふ……　やすみしし

我が大君の　帯ばせる　細紋の御帯の……」

一三五番「つのさはふ石見の海の」、四二六番「つのさはふ磐余の道を」に似ています。「隠国の　泊瀬の川ゆ」は古事記の③に、「やすみしし我が大君」は古事記の②に同じです。

記紀の歌には人麻呂の歌に似たものがたくさんあったのです。人麻呂が記紀歌謡を真似たわけではなく、人麻呂が記紀歌謡を詠んだと考えられます。その理由は以下の通りです。

(1)歌が似ているだけでなく、同じ語句を使っている。

(2)記紀歌謡には人麻呂の時代に詠まれたことが明らかなものがある。

(1)について。「隠りくの泊瀬の山の」「やすみしし我が大君」「つのさはふ磐余」など同じ語句を何度も使っているのは、作者が同じであることを示しています。これらの語句は長い年月、変化することなく固定的に使われてきたと思うかもしれませんが、そうではありません。実は、万葉の時代においてはすぐに変化するものだったのです。また、同時代であったとしても人が違えば表現も違っていたのです。たとえば人麻呂に続く宮廷歌人、笠朝臣金村の志貴《しき》皇子への挽歌《ばんか》二三〇番は「やすみしし我が大君」を使わず「天皇の神の御子」です。金村と同時代の大伴家持も一〇五一番で「やすみしし我が大君の高敷かす」として「たかひかる」や「高照らす」を使っていません。このように一世代で変化するのですから、何百年間も変化がなかったはずがありません。よって同じ語句の歌は同じ時代と考えられるのです。

(2)について例を挙げます。古事記の磐姫皇后の歌です。

つぎねふや　山代河を　宮上り　我が上れば　あをによし　奈良を過ぎ……

「あをによし奈良の都」と歌われるようになるのは平城京遷都（和銅三［七一〇］年）のあとですから、磐姫の歌は和銅三年以降に詠まれたものとわかります。五世紀の磐姫が奈良の都を歌うはずがないのです。

磐姫、衣通王、上宮聖徳皇子の歌が万葉集と記紀の双方にあることは前述のとおりです。これらの歌は記紀挿入のために詠まれたもので、採用されなかった歌が万葉集に収録されたと考えられます。このことから憶良と人麻呂は記紀の編纂にも関わっていたと推測できます。

第2章

額田王と紫草

宮廷歌人の誕生

舒明天皇に続く皇極・孝徳天皇の時代の歌は万葉集に見当たりません。次は斉明天皇の時代です。この時代の歌は額田王と中皇命、中大兄皇子、有間皇子のもの合わせて十首です。

額田王が歌

熟田津に船乗りせむと月待てば潮もかなひぬ今は漕ぎ出でな　（八）

右は山上憶良大夫が類聚歌林を検すに（中略）すなはち（斉明）天皇の御製なり

紀伊の温泉に幸す時に額田王が作る歌

莫囂圓隣之大相七兄爪謁気我が背子がい立たせりけむ厳橿が本　（九）

中皇命、紀伊の温泉に往す時の御歌（一〇、一一、一二略）

中大兄の三山の歌（一三、一四、一五略）

有間皇子、自から傷みて松が枝を結ぶ歌二首

岩代の浜松が枝を引き結びま幸くあらばまた帰り見む（一四一）

家なれば笥に盛る飯を草枕旅にしあれば椎の葉に盛る（一四二）

斉明天皇の時代の歌はこれだけです。まだ大和王朝内で歌が盛んに詠まれる状況に至ってなかったことがわかります。それだけではありません。このとき大和における歌人は額田王ただ一人で、額田王を除く三人の歌は人麻呂あるいは憶良が後世に付け加えたものと考えられます。

九番が額田王の最初の歌ですが、天皇のために詠んだものではないようです。次に詠まれたのが八番で新羅征伐に向かうときの歌とされています。作者に額田王と斉明天皇の二人の名が挙げられていますが、天皇が詠んだものを額田王が「それは私の歌です」と言うはずがありません。ですからここは額田王が「斉明天皇のために代作した」、あるいは「天皇の求めに応じて詠んだ」とみたらよいでしょう。このとき宮廷歌人が誕生したのです。

有間皇子の一四二番のあとに「岩代の松」を詠んだ歌が続きます。

長忌寸意吉麻呂、結び松を見て哀咽しぶる歌二首

岩代の崖の松が枝結びけむ人は帰りてまた見けむかも（一四三）

岩代の野中に立てる結び松心も解けずいにしへ思ほゆ（一四四）

山上臣憶良が追和の歌

天翔りあり通ひつつ見らめども人こそ知らね松は知るらむ　（一四五）

大宝元（七〇一）年、紀伊の国に幸す時に結び松を見る歌、柿本人麻呂が歌集に出づ

後見むと君が結べる岩代の小松がうれをまたも見むかも　（一四六）

一四三番と一四六番は作者が同じとしか思えません。長忌寸意吉麻呂は人麻呂の別名でしょう。人麻呂と憶良は有間皇子の処刑が心残りでならなかったのでしょう。額田王の九番に中皇命や中大兄皇子の名で歌を付け足して皇子の悲劇を歌い上げ、さらに意吉麻呂と憶良名で歌を捧げて皇子を偲んだのです。

額田王を知る

「最初の宮廷歌人額田王」は歌が詠まれることのなかった大和に突然出現したようにみえます。歌人額田王はどのようにして誕生したのでしょう。額田王は万葉集に十三首を残していますが、その生立ちも晩年もわかっていません。にもかかわらず、ことのほか名が知られているのは謎に包まれているからでしょうか。万葉の女流歌人はたくさんいます。なかでも大伴坂上郎女《おおとものさかのうえのいらつめ》は八十四首もの歌を残していますが、額田王ほどに強い印象を受けません。謎めいたところがないからでしょうか。額田王の生涯を探ってみたいと思います。わかっていることや歌などを並べてみましょう。

《日本書紀から》

大海人皇子（のちの天武天皇）の最初の妃です。

「天皇は初めに鏡王の女の額田姫王をお召しになり、姫王は十市《とおち》皇女を生んだ」

父親が鏡王で、娘が十市皇女とわかります。書紀の額田王に関する記事はこれだけです。鏡王は伝未詳ですが、十市皇女については二つの記事があります。

「天武三（六七四）年二月、十市皇女と阿閉《あべ》皇女を伊勢神宮に参詣させた」

「天武七（六七八）年四月、突然に発病し、宮中に薨じた。赤穂に葬った」

十市皇女は大友皇子の妃で、葛野《かどの》王を生んでいます（天智八［六六九］年頃）。壬申の乱（天武元［六七二］年）で大友皇子自死のあと、天武天皇のもとにもどっていたと考えられています。

《万葉集から（詠まれたと考えられている順に並べています）》
〈斉明朝において〉
①斉明四（六五八）年：九番（難読歌として知られています）
題詞は「紀伊の温泉に幸す時」です。歌の「我が背子」は中大兄皇子を指していると考えられ、このときすでに中大兄皇子に召されていたことがわかります。
②斉明七（六六一）年：八番「熟田津」の歌
新羅征伐に向かうときの歌と考えられています。

〈天智朝において〉
③天智五（六六六）年：七番「宇治の宮処」の歌
「天智五年に近江の比良の浦に幸す」の左注です。

④天智六（六六七）年：一七番、一八番「三輪の山」の歌
題詞は「近江の国に下る時」で、近江国大津京遷都は天智六年三月です。額田王は遷都のあと少し落ち着いてから、天智天皇に呼ばれて大津京に入ったようです。
⑤天智七（六六八）年：二〇番「紫野」の歌
二一番大海人皇子の「紫草のにほへる妹」の歌とともに知られています。「蒲生野に遊猟したまふ時」の題詞です。書紀に天智七年五月、蒲生野遊猟とあります。
⑥年不詳：四九一番「君待つと」の歌
あとに鏡王女《かがみのおおきみ》の四九二番「風をだに」の歌が続きます。題詞に「近江天皇を偲ひて作る」とあることから、天智天皇が二人のもとを訪れることが間遠くなって詠まれたと考えられています。
⑦年不詳：一六番「秋山我れは」の歌
題詞は「天皇が藤原朝臣（鎌足）に詔して春山の艶と秋山の彩とを競はせたまふ時に額田王が判《ことわ》る歌」です。題詞から額田王は鎌足のもとにいたようです。
⑧天智十（六七一）年：一五一番「天皇の大殯《おおあらき》の時」の歌、一五五番「山科の御陵より退り散くる時」の歌
〈持統朝において〉
⑨持統三（六八九）年以降：一一二番「恋ふらむ鳥はほととぎす」、一一三番「玉松が枝ははしきかも」の歌
弓削皇子との贈答歌です。皇子の一一一番の題詞が「吉野の宮に幸すときに額田王に贈与る歌」とあることから、持統天皇の吉野行幸にお供したときの歌と考えられています。吉野行幸は持統三年が最初で、以後何度もあります。

額田王の周辺人物

以上が額田王についてわかっているすべてです。次に周辺人物です。

〈日本書紀から〉

●鏡姫王

額田王の姉と推定されています。次の記事があります。

「天武十二（六八三）年七月、天皇は鏡姫王の家におでましになり、病をお見舞いになった。翌日、鏡姫王は薨じた」

鏡姫王は死の前日に突然出現します。万葉集に五首の歌を残している鏡王女と同一人物と考えられています。

〈万葉集から〉

●鏡王女

九一番天智天皇の「妹が家も」の題詞は「近江の大津の宮に天の下知らしめす天皇の代、天皇、鏡王女に賜ふ御歌」で、九二番鏡王女の「秋山の」は「鏡王女、和へ奉る御歌」です。大津京遷都で鏡王女は天皇とともに移ったのではなく、大和に残っていたことがわかります。九三番「玉櫛笥」の題詞は「内大臣（鎌足）、鏡王女をつまどふ時に鏡王女が内大臣に贈る歌」で、九四番は内大臣の「内大臣、鏡王女に報へ贈る歌」です。大津京遷都（天智六［六六七］年）のあとの九一番で天皇は鏡王女を恋しがっているので、鏡王女が鎌足の正室になったのは遷都から少しのちと考えられます。鎌足は天智八（六六九）年に没しているため鎌足と鏡王女の結婚生活はほんの短い間だったことになります。

●吹芡刀自

二二番「川の上の」の題詞は「十市皇女、伊勢の神宮に参赴《まいで》ます時に吹芡刀自《ふふきのとじ》が作る」で、左注は「吹芡刀自はいまだ詳らかにはあらず」です。刀自の正体は不明ですが十市皇女の伊勢参詣にお供をしたことがわかります。皇女の乳母のようでもあります。刀自の歌はほかに四九三、四九四番の二首があって額田王と鏡王女の歌のあとに続きます。このことから額田王や鏡王女とも関わりあることがわかります。

●井戸王

額田王が近江に下る時の一七、一八番「三輪の山」の歌に和すのが井戸王《いのへ》の一九番です。井戸王も額田王の近くにいたと思われますが伝未詳です。

以上が額田王周辺人物です。歌人が増えてきましたが、なぜか正体不明の人ばかりです。

額田王についてわかっていることを並べてみましたが、その正体に近づけたようには思えません。どのように考えたらよいでしょうか。歌人が急に増えたことが怪しい気がします。しかも、誰もが正体不明です。当時はまだ歌を詠める人はそう多くなかったはずです。いっそのこと鏡王女も吹芡刀自も井戸王もみな額田王の別名と考えらたらどうでしょうか。

まず、額田王と鏡王女の関係から考えてみましょう。額田王が一六番を詠んだとき、彼女は鎌足のもとにいたようです。「あれっ、鎌足に嫁したのは鏡王女のはず。それとも額田王もいっしょに姉妹で嫁いだのか？」と考える人がいるかもしれません。姉妹ではなく同一人物と考えたらどうでしょう。書紀の記事から額田王は大海人皇子に想われ十市皇女を生んだことがわかっていますが、後半生はまったくの不明です。鏡王女は前半生が不明で、死の場面だけ書紀に登場します。二人を一人と考えて前後をつないでも矛盾は生じないようです。

天武天皇は鏡王女との関わりを示す記事がないにもかかわらず、鏡王女を直々に見舞っています。天皇が直接見舞ったのは、ほかに犬養連大伴《いぬかいのむらじおおとも》の例があるだけです。犬養連大伴は壬申の乱で最初から大海人皇子につき従った人です。天皇は、ほかの病人に対しては高市《たけち》皇子や草壁皇子を遣わしています。天皇自身が見舞うのは極めて異例なことです。鏡王女＝額田王でなければ直接見舞うことなどあり得ないと考えます。

ただそうなると、持統天皇のとき額田王が歌を詠んでいることと矛盾します。額田王が天武十二年に薨じたのであれば、持統天皇のときに歌が詠めるはずがありません。問題の歌は弓削皇子との贈答歌で、皇子が「吉野の宮に幸す時」の題詞があるのです。そのため、皇子が持統天皇の吉野行幸にお供したときの歌とされています。

矛盾を解消しましょう。皇子の別の歌二四三番の題詞は「弓削皇子、吉野に遊す時」です。無理に行幸に結びつける必要はないのです。皇子が天武朝のあるとき吉野に遊び、額田王と歌を交わしたと考えればよいのです。鏡王女＝額田王は十分考えられるのです。

次に吹芡刀自との関係です。吹芡刀自は二二番で十市皇女の乳母のようなイメージで登場します。ところが額田王と鏡王女と刀自の歌が並んでいることもあってどうも乳母ではないようです。刀自も同一人物と考えられないでしょうか。

「額田」は幼少に育った場所、「鏡」は鏡王の娘、「刀自」は藤原鎌足の正室を表しているとみるのです。藤原家の女性は刀自と呼ばれることが多く、鎌足の娘の氷上娘《ひかみのいらつめ》は「氷上大刀自」、五百重娘《いおえのいらつめ》は「大原大刀自」、車持君与志古娘《よしこのいらつめ》は「耳面《みみも》刀自」です。鎌足の正室になった鏡王女が刀自と呼ばれておかしいことはありません。

「ふふき」は植物の蕗《ふき》を指すとされていますが、私は鏡を思い浮かべました。「まかねふく」は吉備や丹生にかかる枕詞で、金を精錬することからできた言葉です。吹いて溶かすのは鉄や銅も同じです。「ふふき」から銅鏡を連想したのです。吹芡刀自＝額田王もあり得ると考えます。

最後に井戸王との関係です。井戸王は額田王の歌に和えることで突然現れます。歌の内容から女性と推測されます。歌は一首だけで、正体不明です。一七、一八番が額田王の「三輪の山」の歌で、二〇番が「紫野行き」の歌ですから、一九番は額田王の歌のあいだに挟まれています。井戸王も額田王の別名で、同じ作者の歌が並んだと考えてみてはどうでしょう。「井戸」も鏡を連想させます。水鏡です。井戸王＝額田王も否定されるものではないと考えます。

同一人物説の検討

同一人物説は成り立つのでしょうか。先ほどは歌が詠まれたと考えられている順に並べましたが、少し順序を入れ替えて関連人物の歌といっしょに考えてみましょう。

〈斉明朝において〉

斉明朝での二首の順序に変りはありません。

①斉明四（六五八）年：紀伊の温泉に幸す時に額田王が作る歌（九番、前出）

②斉明七（六六一）年：額田王が歌（八番、前出）

〈天智朝において〉

③天智五（六六六）年：額田王が歌

秋の野のみ草刈り葺き宿れりし宇治の宮処の仮廬し思ほゆ　（七）

一書には近江の比良の宮に幸すときの大御歌といふ

④天智六（六六七）年：遷都後Ⅰ

大津京遷都のとき、鏡王女（額田王）は大和に残っていたようです。

（天智）天皇、鏡王女に賜ふ御歌

妹が家も継ぎて見ましを大和なる大島の嶺に家もあらましを　（九一）

鏡王女、和へ奉る御歌

秋山の木の下隠り行く水の我れこそ増さめ思ほすよりは　（九二）

天智天皇は「額田」の名を嫌っていたのではないでしょうか。どうしても大海人皇子に結びつけてしまうので。そのために「鏡王女」と呼んだと思います。九一番は大津京の天智天皇が「いつもあなたに逢っていたいが、逢えずに残念だ。だが私の心は大和にいるあなたのそばにある」と詠んでいます。九二番で「天皇が想ってくださる以上に、私の方こそ想いがつのっています」と返しています。「秋山」は天智天皇を指しています。

⑤天智六（六六七）年遷都後Ⅱ

天皇に呼ばれて額田王が近江に向かいます。ここで額田王と鏡王女の動きが一致します。

額田王、近江の国に下る時に作る歌

味酒　三輪の山……つばらにも　見つつ行かむを　しばしばも　見放けむ山を　心なく　雲の　隠さふべしや　（一七）

三輪山をしかも隠すか雲だにも心あらなも隠さふべしや　（一八）

井戸王が即ち和ふる歌

綜麻形の林のさきのさ野榛の衣に付くなす目につく我が背　（一九）

大津京に向かう額田王が一七番で「何度でも振り返ってみたい三輪山なのに、あいにく雲が隠してしまった」、一八番で「三輪山を隠してしまうなんて、雲に心はないものか」と詠んでいます。一九番の「綜麻形」は三輪山のことで「三輪山のふもとにいらっしゃるあなたはちょっと目につきすぎです。お願いですから少しは行動をひかえてください」との歌です。一七、一八番は額田王の名で詠んでいますから天智天皇ではなく大海人皇子を意識したものです。「三輪山」は大海人皇子を指しています。だからこそ何度も振り返って見たいのです。一九番では露骨にも「我が背」とまで歌い込んでしまったので、さすがに額田王の名は使えません。そのため井戸王という架空の女性が和した形にしたのです。

⑥天智七（六六八）年五月まで

天智七年のあるできごとについて触れておきましょう。あろうことか正月の宴席で大海人皇子が長槍を持ち出し暴れたのです。天智天皇が怒ったのは当然です。このとき藤原鎌足が執り成しておさまったと藤原家の伝記『大織冠伝《たいしょくかんでん》』に記されています。この事件後の歌が五月の蒲生野遊猟における額田王と大海人皇子の贈答歌です。

（天智）天皇、蒲生野に遊猟したまふ時に額田王が作る歌

あかねさす紫野行き標野行き野守は見ずや君が袖振る　（二〇）

皇太子（大海人皇子）の答へたまふ御歌

紫草のにほへる妹を憎くあらば人妻故に我れ恋ひめやも　（二一）

歌が詠み交わされたとき額田王はまだ藤原鎌足の室ではなく、天智天皇のもとにいたのです。天皇は二人の様子から額田王の心がいまだに大海人皇子にあることを知り、そばに置いておく気をなくし、腹いせのように鎌足に嫁がすことにしたのではないでしょうか。

⑦天智七（六六八）年五月以降Ⅰ（鏡王女と鎌足の結婚）

内大臣藤原卿（鎌足）、鏡王女をつまどふ時に鏡王女が内大臣に贈る歌

玉櫛笥覆ひを易み明けていなば君が名はあれど我が名し惜しも　（九三）

内大臣藤原卿、鏡王女に報へ贈る歌

玉櫛笥みもろの山のさな葛さ寝ずはつひに有りかつましじ　（九四）

九三番と九四番は一般に「夜が明けてお帰りになるのは、あなたは気にしなくともよいでしょうが、私は困ってしまいます」、「あなたは早く帰れとおっしゃいますが、共寝しないまま帰ることができましょうか」という意味に捉えられています。「みもろの山」は三輪山のことで、「三輪山」は大海人皇子を指していますから二人の歌は大海人皇子を強く意識しているとみて間違いありません。すると次のような意味に取ることができます。「夜が明けてお帰りになるのは、あなたには何でもないことでしょうが、私は困ります。大海人皇子に合わせる顔がないではありませんか」、「そうでしょう。あなたは天皇のもとを離れたのですから、蔓が分かれたさな葛が先で再び絡み合うように大海人皇子と再び枕を交わすことでしょう。そうならないのであれば生きていられないでしょうね」

鎌足に采女《うねめ》が下賜されたときの歌が続きます。

内大臣藤原卿、采女安見児を娶る時に作る歌

我れはもや安見児得たり皆人の得かてにすといふ安見児えたり　（九五）

一般に「私は安見児《やすみこ》を自分のものとすることができた。誰もが得難いとしたあの安見児を」の意味に捉えて、鎌足は天智天皇から鏡王女と安見児の二人の女性をもらい受けたと考えられています。私はこの考えに納得できません。その理由は以下の通りです。

●天智天皇が同時に（あるいは近い時期に）二人の女性を手放したとは思えない

●安見児が得難いとされているが、采女に手を出すことはできないのだから安見児に限らず采女は誰であ

っても得難いはず。安見児の正体を隠すため題詞で采女にしたと考える

●鎌足の喜びようは大げさで、あまりに正直すぎてまったく鎌足らしくない

以上の理由から九五番にはウラがあると考えます。安見児も鏡王女と同一人物とみます。であれば、歌が詠まれた理由も推測できるのです。

天智天皇が鎌足に与えた女性は鏡王女一人で、安見児の名は鏡王女の歌の「易み」からとった。鎌足は鏡王女を得た喜びを周囲にわざと大げさに示すことによって天皇の猜疑を消し去った（天皇にとって大海人皇子と鏡王女との復縁は許せないこと）。また同時に大海人皇子と鏡王女の逢瀬をカモフラージュした。鎌足は一首の歌で天智天皇の顔を立てると同時に大海人皇子と鏡王女に隠れ蓑を着せたのです。どうしてどうして鎌足は、やはり深謀遠慮の人でした。

⑧天智七（六六八）年五月以降Ⅱ（春山か秋山か）

天智天皇は鎌足の室になった額田王（鏡王女）に「春山と秋山のどちらが良いか問います。題詞では鎌足に問うたようにみえますが、額田王が答えています。

天皇、内大臣に詔して春山の万花の艶と秋山の千葉の彩とを競ひ憐れびしめたまふ時に、額田王が歌をもちて判る歌

冬こもり　春さり来れば　鳴かずありし　鳥も来鳴きぬ　咲かずありし　花も咲けれど　山を茂み　入りても取らず　草深み　取りても見ず　秋山の　木の葉を見ては　黄葉をば　取りてぞ偲ふ　青きをば　置きてぞ嘆く　そこし恨めし　秋山我れは　（一六）

額田王は「秋山（天智天皇）」を選びました。それはそうでしょう。天皇に答えるのですから、天皇を差し

置いて春山（大海人皇子）を選べるはずがありません。

⑨天智十（六七一）年天智天皇崩御のときの一五一、一五五番（略）は解釈、年代ともに異論ありません。

〈天武朝において〉

⑩天武元（六七二）年以降

額田王、近江（天智）天皇を偲ひて作る歌

君待つと我が恋ひ居れば我がやどの簾動かし秋の風吹く　（四九一）

鏡王女が作る歌

風をだに恋ふるは羨し風をだに来むとし待たば何か嘆かむ　（四九二）

吹芡刀自が歌二首

真野の浦の淀の継橋心ゆも思へや妹が夢にし見ゆる　（四九三）

川の上のいつ藻の花のいつもいつも来ませ我が背子時じけめやも　（四九四）

作者名は違っていても四首ともに額田王の歌です。前の二首は天智天皇が訪れてくれないと嘆いていますが生身の天皇を待っているわけではありません。天皇崩御のあとの歌です。通ってくる魂を「秋の風」と表現したのです。四九三番の「真野の浦」を兵庫県神戸市長田区の海岸とする説がありますが、大津京があった滋賀県大津市真野の琵琶湖湖岸でしょう。

⑪天武三（六七四）年

次の歌は天武三年二月に詠まれたことがわかっています。

　十市皇女、伊勢の神宮に参赴ます時に、吹芡刀自が作る歌

川の上のゆつ岩群に草生さず常にもがもな常処女にて　（二二）

十市皇女の伊勢参詣に母親の額田王（吹芡刀自）が同行して詠んだのです。

⑫天武七（六七八）年

伊勢参詣から四年後、十市皇女が急逝します。

天武七年四月「十市皇女が突然に発病し、宮中に薨じた。赤穂に葬った」。

「赤穂」は奈良県桜井市赤尾とみられています（他説もあり）。舒明天皇の陵域内であるため十市皇女を舒明天皇の皇孫とする説もあります。鏡王女の墓は桜井市忍阪《おつさか》にある円墳とされています。忍阪と赤尾は近接していますから、鏡王女と十市皇女の母娘は近い場所に葬られたことになります。額田王の墓所は定かではありません。額田王＝鏡王女であれば当然のことです。では十市皇女の墓はなぜ舒明天皇の陵域につくられたのでしょう。母娘は舒明天皇と近い血縁ではありませんが、舒明天皇と同じく息長《おきなが》氏なのではないでしょうか。そのために息長氏の墓域に葬られたと推測します。母娘での伊勢詣でも息長氏の巫女としてではないでしょうか。巫女である額田王にとって歌は「神に願いを訴えるための呪具」だったように思います。

⑬天武七（六七八）年四月以降で、天武十二（六八三）年七月以前（仮に天武九［六八〇］年とします）弓削皇子と額田王の贈答歌です（通説では持統朝の歌）。

吉野の宮に幸す時に弓削皇子の額田王に贈与る歌

いにしへに恋ふる鳥かも弓絃葉の御井の上より鳴き渡り行く（一一一）

額田王、和へ奉る歌

いにしへに恋ふらむ鳥はほととぎすけだしや鳴きし我が恋ふるごと（一一二）

（弓削皇子が）吉野より蘿《こけ》生す松が枝を折り取りて遣る時に額田王が奉り入るる歌

み吉野の玉松が枝ははしきかも君が御言を持ちて通はく（一一三）

一見、恋の歌のように見えても二人が恋愛関係にあったとは考えられないので、諧謔《かいぎゃく》（おどけ）の歌とされています。しかしこの三首は戯れに詠んだものではなく、深刻な心情を綴った悲しい歌なのです。「恋ふる鳥」や「恋ふらむ鳥」の恋は恋愛ではなく「離れている人を恋しく思う」という意味です。弓削皇子は天武天皇と大江《おおえ》皇女（天智天皇の娘）の子です。額田王との血縁はありません。年代も二世代ほど違っていて恋愛の対象になったとも考えられません。二人はどのような経緯で歌を交わすことになったのでしょう。次の歌は年代は不詳ですが、一一一番と同じ頃のものと考えます。

⑭天武九（六八〇）年頃

弓削皇子、吉野に遊す時の御歌
滝の上の三船の山に居る雲の常にあらむと我が思はなくに　（二四二）

弓削皇子の御歌
ほととぎすなかる国にも行きてしかその鳴く声を聞けば苦しも　（一四七一）

鏡王女名の歌も関わりがあるようです。

鏡王女が歌
神なびの石瀬の杜の呼子鳥いたくな鳴きそ我が恋まさる　（一四一九）

弓削皇子はホトトギスにこだわっています。鏡王女の「呼子鳥」もホトトギスでしょう。ホトトギスは托卵することで知られていますから、皇子の出生に秘密があったためにこだわったのではないでしょうか。書紀に天武天皇と大江皇女の子として、長《なが》皇子の次に名があるので弟のようですが、兄とする説もあります。また天武天皇の第九皇子とする説と第六皇子とする説があって生まれた順が定かではありません。

つまり、皇子の親は天武天皇と大江皇女ではなかったのかもしれないのです。そして皇子が本当の親が誰か知ったときにはもう父も母もこの世の人ではなかったとしたら。そのために無常の歌や嘆きの歌を詠んだように思うのです。皇子の真の親は誰でしょう。額田王に問うているので額田王ゆかりの人でしょう。額田王の子は十市皇女一人ですから十市皇女が皇子の母親なのでしょうか。十市皇女の子は大友皇子とのあいだに葛野《かどの》王がいます。皇子は葛野王の弟なのでしょうか。

壬申の乱（天武元〔六七二〕年）で大友皇子が自死したとき、幼い弓削皇子は天武天皇と大江皇女の子として育てられたと考えたらどうでしょうか。皇子の生年を仮に天智七（六六八）年とします。皇子は自分の生まれについて何となく不審を抱きながら育ちます。十一歳のときにもしかすると本当の母ではないかとうすうす感じていた十市皇女が急死します。額田王は血縁がないにもかかわらず、幼少のときから何かと世話を焼いてくれていました。十市皇女の死後も今まで以上に気を使ってくれています。そこで思い切って問うたのが一一一番ではないでしょうか。

恋ふる鳥は母親を恋い慕う鳥で、問われた額田王はもうこれ以上隠すことができず「あなたの思っているとおり、十市皇女があなたのお母さんです。私があなたのことを大切に思ってきた以上にお母さんはあなたのことをずっと思っていたのですよ」と答えたのです。答えの歌に皇子は「吉野より蘿生す松が枝を折り取りて遣る」とあります。蘿はサルオガセです。サルオガセは「樹木に付着して垂れさがる糸状の地衣類」で根がありません。サルオガセがまつわりついた松の枝を送ることで自分はサルオガセのようだと伝えたのです。もう父も母もいない自分を根がないサルオガセにたとえたのです。二四三番は皇子の無常観がこぼれ出ています。一四七一番からは厭世観さえ窺えます。一四二三番の「我が恋まさる」は「もう泣いてくれるな。泣きたいのは私の方です」という意味だったのです。皇子が天智七年の生まれであれば長皇子より年上になります。また、第九皇子ではなく第六皇子が正しいことになるのでしょう。

⑮天武十二（六八三）年：鏡王女（額田王）の死

「七月、天皇は鏡姫王の家におでましになり、病をお見舞いになった。翌日、鏡姫王は薨じた」

ここまで鏡王女も吹芡刀自も井戸王もみな額田王と同一人物とする説はあり得るように思います。

弓削皇子その後（持統十一［六九七］年）

弓削皇子三十歳前後のことです。持統天皇は孫の軽皇子（文武天皇）を跡継ぎにするために会議を開きます。弓削皇子が反対を唱えようとしたところ、葛野王が皇子の発言を遮ります。その結果、軽皇子が太子に決まったと日本最初の漢詩集『懐風藻《かいふうそう》』に記されています。弓削皇子と葛野王は敵対していたような印象です。弓削皇子の言わんとしたことが正論で、葛野王は敵役のようです。本当にそうだったのでしょうか。弓削皇子の考えていることは口にしてはならないことだったのではないでしょうか。ちょっと世をすねたところのある弓削皇子は、発言がもたらす結果まで考えずにズバリ正論を吐こうとしたのです。そのとき実の兄の葛野王が弓削皇子を押さえ、会議の紛糾を防ぎます。葛野王は「言ってはいけない。死を招くことが目に見えている」と心中で叫んでいたのです。仲が悪いどころか葛野王は弟を悲劇から救おうとしたのです。

葛野王と弓削皇子は兄弟たり得るでしょうか。葛野王は書紀に出てこず、続紀に「慶雲二（七〇五）年十二月、正四位の葛野王が卒した」とあるだけです。一般に天智八（六六九）年生まれとみられています。すると天智七年生まれと仮定した弓削皇子が年上になってしまいます。弓削皇子の生まれを天智九年以降にすれば矛盾はなくなりますが、額田王と歌を交わすには若すぎてしまいます。兄弟説は成り立たないのでしょうか。

『懐風藻』は葛野王の行動を喜んだ皇太后が「正四位を授け、式部卿に拝した、時に年三十七」としています。これがいつのことかわかれば葛野王の生年が推定できます。「六六九年生まれ」説は卒したとき（慶雲二［七〇五］年）に、年三十七と考えたようです。授位のときの年齢を三十七として考えてみましょう。授位は会議の直後（持統十一［六九七］年）ではないようです。「皇太后」は天皇の母親を意味しますので文武天皇即位後と考えられるからです。それに式部卿は律令制での官職ですから、大宝律令制定（大宝元［七〇一］年）以後のことです。大宝元年授位としてこのとき三十七であれば天智四（六六五）年生まれですから兄弟説はあり得るのです。父の大友皇子が十八歳、母の十市皇女が十六歳（推定）のときです。

額田王の出身地

額田王の後半生が少しみえてきました。しかしどこで生まれ、大海人皇子とどのように出会ったかなど前半生は謎のままです。勝手ながら想像してみました。

出自が隠された理由

額田王の出自はわからなかったのではなく隠されたのです。隠された理由は大海人皇子と同郷だったからです。二人とも大倭出身と考えます。大海人皇子の母親は大分県国東《くにさき》市国東町小原《おわら》を本拠地とする尾張氏の王女です。皇子はその名「大海」のとおり国東市武蔵《むさし》町・安岐《あき》町の「大海田《おおみだ》」で生まれ育ちます。長じて父親が治める大分市津守《つもり》に移ります。父親は尾張氏支流の津守氏の王です。曽祖父に高句麗王子の子がいました。書紀に「欽明五（五四四）年、津守連、日本より来る、（名を）津守連己麻奴跪《こまなこ》という」とあります。己麻奴跪は「高麗の子」を表しています。

大海人皇子は父祖の出身地である高句麗にも行き来きします。皇極元（六四二）年「津守連大海《おおあま》を以て高麗に使すべし」の大海は皇子のことです。皇子二十一歳の初めての高句麗への渡航です（年齢は年代記『一代要記』の六十五歳から。没年が天武十五［六八六］年ですから生年を推古三十［六二二］年として、皇極元年は二十一歳です）。胸形君《むなかた》の娘の尼子娘《あまこのいらつめ》が額田王に次いで二番目の妃になったのは、胸形（福岡県宗像《むなかた》市付近）が高句麗への渡航ルート上にあったことによります。皇子はのちに大和王朝に入り込み大友皇子を倒し、舒明・斉明天皇の子に成りすまして即位します（拙著『探証 日本書紀の謎』参照）。そうすると最初の妃の出身地が大倭では話がとおりません。即位後に地方の王の娘を妃に迎えるのであればわかりますが、最初の妃が大倭の人となれば、皇子も大倭出身であることがバレてしまいます。そのために額田王の出自も隠されてしまったのです。

大海人皇子との出会い

額田王と大海人皇子の心は永遠に結びついていたのでしょう。額田王の死の直前に天武天皇が直々に見舞ったことからそう思います。二人の歌にある「紫草」は蒲生野で栽培されていただけでなく二人にとって思い出の花だったのではないでしょうか。『豊後国正税帳』に記載されていることから玖珠《くす》郡や直入《なおいり》郡に紫草園があったことはわかっています。また大宰府史跡出土の木簡に「進上豊後国海部郡真紫草」ともあります。これらの史料は額田王より後の時代のものですが、豊後が紫草の特産地であったことを窺わせています。大海人皇子は大倭での青春時代、紫草で染めた領巾《ひれ》を額田王に贈ったのではないでしょうか。「紫草のにほへる妹」の歌は領巾を振る若き額田王に想いを重ねているように思われるのです。二人は大海田で幼なじみだったのでしょう。国東市は低湿地が少なく、農業用水確保用にたくさんのため池が作られています。低湿地は大海田付近だけです。「額田」も低湿地のことですから大海田と同じ意味です。ほかに低湿地のない国東市で、「似た意味の名」を持つ二人は近くで育ったと考えられます。

天武天皇の諡号は「天渟中原瀛真人尊《あまのぬなはらのおきのまひとのみこと》」で、神仙思想によるとの説がありますが、はたしてそうでしょうか。「瀛」は大海のことですから「瀛真人」は大海人と同じです。海人族である尾張氏を意識した名なのです。

「渟中原」は額田と同じで、諡号は「額田大海人」といっているようでもあります。歌からも諡号からも二人の心は固く結ばれていたように思います。「瀛」の字は尾張連の遠祖、瀛津世襲《おきつよそ》に使われています。瀛津世襲は六代孝安天皇の母、世襲足媛《よそたらしひめ》の兄です。瀛の字は皇子に尾張氏の血が流れていることを示しているのです。

また、十市皇女の「十市」は皇女が幼少を過ごした場所と考えます。大海田の北隣の国東市武蔵町古市《ふるいち》をかつての十市とみています。

数少ないながら現在でも国東市周辺に十市姓の人がいます。南隣の杵築《きつき》市には江戸時代後期、杵築南画の創始者、十市石谷《せきこく》がいました。田能村竹田《たのむらちくでん》と親交があり、門弟に草本学者の賀来飛霞《かくひか》がいます。石谷の子の十市王洋《おうよう》も画人として名を成しています。

河内王

額田王の父、鏡王の国はどこにあったのでしょう。鏡王に関する資料がないので鏡山からたどることにしましょう。なぜなら鏡王の名は鏡山からついたと考えるからです。万葉集の鏡山の歌です。

河内王を豊前の国の鏡の山に葬る時に手持女王が作る歌三首

大君の和魂あへや豊国の鏡の山を宮と定むる　（四一〇）
豊国の鏡の山の岩戸立て隠りにけらし待てど来まさず　（四一一）
岩戸破らむ手力もがも手弱き女にしあればすべの知らなく　（四一二）

「河内王は鏡山を墓処としてお隠れになってしまいました。私がいくらお待ちしても岩戸から出てきて、その姿を見せてくれることはありません。女の私にはどうすることもできないことです」というものです。

手持《たもち》女王は伝未詳です。河内王は書紀に何カ所か名前が確認できます。

「朱鳥元（六八六）年正月、浄広肆川内王を筑紫に派遣」「九月河内王左右大舎人のことを誄る」

「持統三（六八九）年閏八月筑紫大宰帥に任命」「持統八（六九四）年四月浄大肆を追葬される」

河内王の出自は不明ですが天武・持統朝において重用されていたとわかります。持統八年のはじめに太宰府で没したようです。鏡山に葬られたのは鏡山が出身地の山だったからでしょう。『豊前国風土記』逸文に「田河の郡、鏡山。昔、気長足姫尊《おきながたらしひめ》が（中略）御鏡をもってここに安置した。（中略）それで名づけて鏡山という」とありますが、私は風土記にはウソがあって、そのウソを真実と思い込ませるために逸文が残されたと考えています。そのウソとは「田河の郡」です。田河の郡とすることで河内王が葬られた鏡山が豊前にあったように誘導しています。ウソで豊前としたのですから真実はその逆で、鏡山は豊後（大倭）にあったと考えられるのです。


それに、河内王が没した持統八年は、まだ豊前と豊後に分かれていないため、正確に書くなら「豊国の鏡山」です。題詞は逸文に合うように書かれたのです。歌自体は「豊国の鏡の山」です。河内王は大倭の人だから出身が隠されてしまったのです。鏡王や額田王に近い人でしょう。活躍した時期からみて額田王より少し若いようです。私は鏡王の子にして額田王の弟と考えました。豊国の鏡山は別の名に変えられてその名は残っていないのです。

豊国の鏡山は現在の何山でしょうか。「鏡山」は日本各地にあります。名の由来を「鏡が埋められたから」とするのはあとで取ってつけたものにすぎません。私は「居住地の近くにあって、ちょっと登って振り返えると自分の国を一望できるような見晴らしの良い山」と考えました。手軽に登ることができるのですからあまり高くはありません。佐用《さよ》姫伝説がある佐賀県唐津市の鏡山は標高二八四メートルで、山頂から唐津市が一望できます。大倭にそのような山があったでしょうか。国東市古市・大海田の西、約四キロの標高二四四メートルの小城《おぎ》山はどうでしょう。町から近く見晴らしも良い山で山頂手前は展望公園です。ふもとの古市・大海田を治めたのが鏡王で、あとを継いだのが河内王と考えます。

書紀の崇神六十二年、河内に依網《よさみ》池、苅坂《かりさか》池、反折《さかおり》池を造ったとあります。この河内を河内王が治めた豊国の河内と考えます。

「手持」は織物など何らかの技術を身につけていることを指すと考えられていますが、その技術が何かわかっていません。書紀の綏靖天皇時代に出てくる春日県主大日諸《かすがのあがたぬしおおひもろ》の娘の糸織《いとおり》媛や大間宿禰《おおますくね》の娘の糸井《いとい》媛と関わりがありそうな気がします。春日県はのちに十市県へと名が改められていますから糸織媛は十市の人と考えられます。大間宿禰は春日県主大日諸に近い人で、大日諸の子かもしれません。そうであれば糸井媛も十市の人です。私が十市とみている武蔵町古市の近くには糸原《いとはる》や糸永だけでなく手野《ての》地名もあって、つい手持女王と結びつけたくなってしまいます。人麻呂歌集からの転載と思われる「糸に寄せる歌」です。

河内女の手染めの糸を繰り返し片糸にあれど絶えむと思へや　（一三二〇）

歌の河内も豊国の河内で、糸染めが盛んだったのではないかと想像します。天平神護元（七六五）年四月、手人造石勝《てびとのみやつこいわかつ》が雄儀《おぎ》連の姓を賜っています。「手人」は手持女王との、「雄儀」からは小城山との関わりが窺われます。

先駆けの額田王

少しだけですが額田王の前半生を思い浮かべることができたました。ここでお断りしておかなければならないことがあります。天智天皇や藤原鎌足が額田王と歌を贈答したとして話を進めてきましたが、額田王の歌以外はのちに人麻呂が作って贈答歌に仕立てたものと考えています。天智天皇の時代においても歌が詠めたのは額田王一人でした。ただこの時代、歌のイメージが大きく変化します。額田王が「大海人皇子を想う歌」「天智天皇を想う歌」「春山と秋山を比べる歌」などを詠んだからです。それまで歌は神に訴えるためのものでした。言わば祝詞《のりと》のようなものです。ところが額田王が恋や自然の情景を詠むに至って「歌は神事のためのもの」という呪縛が解けたのです。宮廷の人々にとって歌が一挙に身近なものになったのです。歌を贈ることによって恋しい人に想いを伝えることができるだけでなく、教養やユーモアまでも示すことができるのですから。

天武天皇の時代になると歌はもう宮廷人のたしなみと言えるほどのブームになります。天武四（六七五）年、「歌の上手な男女、侏儒、伎人を選んでたてまつれ」との勅が出ます。勅によって庶民の間にも作歌熱がひろまり、人気に拍車がかかります。天智天皇や天武天皇の皇子のなかからも志貴皇子、大津《おおつ》皇子などすぐれた歌人が現れてきます。弓削皇子もその一人です。額田王の歌が歌発展の契機になったのです。額田王がいなければ万葉集は生まれなかったかもしれません。

鎌足の九四番に「さな葛さ寝ずはつひに有りかつましじ」の歌がありましたが、人麻呂の歌二〇七番に「さね葛のちも逢はむと」、人麻呂歌集の二四七四、二四八五番に「有りかつましじ」と同じ語句が使われています。よって鎌足の九四番を人麻呂作とみなすことができるのです。

第3章

人麻呂は謎だらけ

正体不明の歌人たち

『万葉集』巻一から六の歌の作者は題詞によってほぼ知ることができます。大まかですが、①天皇、皇子、皇女、②高官とその子女、③名だけで身分不詳の人、に分けられます。①は身分がはっきりしているのは当然ですが、その歌は人麻呂や憶良の代作かもしれません。②は意外に少なく、ほとんどが大伴氏の一族です。大伴旅人、大伴坂上郎女、大伴家持のほか大伴池主《いけぬし》、大伴書持《ふみもち》、大伴坂上大嬢《さかのうえのおおいらつめ》、大伴田村大嬢《たむらのおおいらつめ》などです。③が一番多く人麻呂もここに入ると言ったら驚くでしょうか。実は人麻呂は正体不明で謎だらけなのです。人麻呂だけではありません。宮廷歌人は皆、③に属しています。高市黒人も山上憶良も山部赤人もです。

人麻呂の歌は万葉集に九十首近く収録されています。行幸のお供のときの歌、皇子や皇女への挽歌、旅の歌、妻の死、自身が死に臨んだときの歌などです。それらは持統天皇の時代と文武天皇の前半にかけて詠まれたと考えられています。行幸の歌や皇子・皇女への挽歌が多くあることから人麻呂が宮廷深くに入り込んでいたことは確かです。ですから人麻呂がどのような人物であったか当時の宮廷人なら誰もが知っていたはずです。また、自身が死に臨んでの歌があることから、いつどこでどのように死んだかも知れられていたと思われます。さらに旅や妻の死の歌もあるのですから、歌によって自身の姿を何ら隠すことなくさらけ出していたようにみえます。ところがいざ「どんな人？」と問うてみたとき、その姿がまったく見えてこないのです。

これから人麻呂を中心に宮廷歌人の姿を追ってみることにしましょう。

人麻呂の謎

人麻呂の謎を並べてみます。

①宮廷で重用されていたと思われるが、正史（書紀や続紀）に出てこない

②身分不明。「上級官吏説」もあれば「下級官吏説」もある

〈上級官吏説資料〉

(a)『石見国風土記』逸文「天武三（六七四）年八月、石見守に任じられ、九月正四位上、翌年三月、正三位兼播磨《はりま》守に任ぜられた」

(b)『古今和歌集』仮名序「奈良（文武）天皇の御時、正三位柿本人麿は歌の聖なりける」

※(a)、(b)ともに正史に該当する記録がないため否定する人もいる

〈下級官吏説〉

(a)正史に名がないのは下級官吏だったから

※書紀や続紀には下級官吏の名もたくさん出ているので否定する人もいる

(b)妻が詠んだ二二四番の題詞は「人麻呂が死にし時」。上級官吏であれば「薨《こう》」か「卒《そつ》」のはず

題詞は「死」を使っているから下級官吏（薨は三位以上で、卒は四、五位に使う）

※自分の夫を詠んだ私的な歌だから「死」を使ったとも考えられる

以上、上級官吏説、下級官吏説いずれにも肯定、否定両方の考え方があって決め手なし

③死に臨む歌があるにもかかわらず、いつどこでどのように死んだのか不明

い　つ：慶雲四（七〇七）年石見での疫病死説があるが不確か

ど こ で：死に臨む歌は石見国でのことのようだが、歌の地名と石見国は結びつかない

どうして：疫病により病死、罪を得て刑死、持統天皇に殉死など諸説ある

④妻への挽歌があるが、妻も正体不明

二〇七〜二〇九番は他人に知られていない妻で、二一〇〜二一六番は正妻らしい

妻の名もわからなければ、二〇七番の秘密の妻と二一〇番の正妻は同一人か別人か、死んだのが一人か

二人か、いつどこでどのように死んだかも不明

⑤二一〇、二一三番の妻はみどり子を残したと詠まれているが、その子がどうなったか不明

⑥一三一番題詞で妻と別れて石見国から上京したとなっていて、妻の依羅娘子《よさみのおとめ》が人麻呂と相別る歌一四

〇番を返している。ところが人麻呂が石見で死ぬときの妻も依羅娘子で二二四、二二五番を詠んでいる。

いつ復縁したのか

二二三番では「自分が死のうとしていることを妻は知らずに帰りを待っているだろう」と詠んでいる。

依羅娘子が石見の人であれば人麻呂の死に直面しているはず。依羅娘子は石見の人ではなかったのか。

依羅娘子にも謎が付きまとっている

⑦出自がわからない

柿本氏は第五代孝昭天皇の子、天押帯日子《あめのおしたらしひこ》を祖とし春日、大宅《おおやけ》、粟田《あわた》、小野氏と同族とされているが詳細は不明。一族のなかで人麻呂がどのような位置にあったのかも不明。書紀に柿本大庭《おおば》、柿本佐留《さる》と柿本姓が二人出てくるが、ともに人麻呂より少し前の人で人麻呂とのつながりは不明

⑧三〇六、三〇七番の題詞に「柿本朝臣人麻呂、筑紫の国に下る時に海道にして作る歌二首」とあって、九州に派遣されたことがあると考えられる。ところが筑紫における歌がない。二首と同じときに詠まれたと思われる羇旅《きりょ》の歌八首（実際は九首）もすべて明石海峡付近のもの

⑨多くの皇子・皇女に挽歌を奉っているのに天武、持統、文武天皇への挽歌がない。もっとも文武天皇より先に死んだのであれば文武天皇への歌があるはずはないが。それにしても天武、持統天皇崩御のときは歌を奉る役であったであったろうと思われる

⑩万葉集には「柿本人麻呂歌集」から転載とされる歌が四百首近くある。そのなかには人麻呂作のものが相当数あると思われるが、作者は誰でもいいような軽い扱いをされている

人麻呂像を構築する

人麻呂の人物像を考えるにあたって、次の三つの点に着目してみました。

①雄略天皇や舒明天皇、磐姫、衣通王などに成り代わって歌を詠んでいることから「人麻呂」の名にこだわっていないと考えました。よって葬送の場では服喪の人に代わって詠むこともあり、都合の悪いときには名を隠して詠むこともあったと仮定しました。有間皇子を偲んでは長忌寸意吉麻呂名を使っていました。このように考えると万葉集には人麻呂の隠れた歌がまだたくさんあるようです。

②天武天皇や額田王と同じく大倭出身と仮定しました。
③職務上の名が別にあって、正史には職務上の名で登場していると仮定しました。

〈仮定①「代作、別名」を検討する〉

服喪の人に代わって詠んだ歌があるでしょうか。天智天皇のために大后の倭姫王《やまとひめのおおきみ》が奉った四首がそれでしょう。この四首は天皇崩御のときではなく、時を経て詠まれたものです。

天の原振り放け見れば大君の御寿は長く天足らしたり　（一四七）
青旗の木幡の上を通ふとは目には見れども直に逢はぬかも　（一四八）
人はよし思ひ息むとも玉葛影に見えつつ忘らえぬかも　（一四九）
鯨魚取り　近江の海を　沖放けて　漕ぎ来る船　辺付きて　漕ぎ来る船　沖つ櫂……　（一五三）

「鯨魚取り」や「近江の海」は人麻呂の歌によく出てきます。また、持統天皇が天武天皇に奉った四首も同じく人麻呂が詠んだものと考えられます（一六〇、一六一略）

やすみしし　我が大君し　夕されば……その山を　振り放け見つつ　夕されば……　（一五九）
……天の下　知らしめしし　やすみしし　我が大君　高照らす　日の御子……　（一六二）

「やすみしし我が大君」も「高照らす日の御子」も人麻呂の歌に何度も出てくる語句です。儀式のとき参列者の前で歌を誦した倭姫王、持統天皇が作者として名を残したのでしょう。当初挙げた疑問の二つ目、「作者が二人の歌がある」の答えはここで出たようです。

次に人麻呂の名が隠され、別名あるいは作者不詳となった歌があるでしょうか。弓削皇子が薨じたときの置始東人《おきそめのあづまひと》の三首を別名で詠んだ歌とみます。弓削皇子は持統天皇に逆らったために殺されました。公然と処刑されたわけではありませんが罪人に等しかったので、別名で詠んだのです。

やすみしし　我が大君　高照らす　日の御子　ひさかたの　天つ宮に　神ながら……（二〇四）
大君は神にしませば天雲の五百重が下に隠りたまひぬ（二〇五）
楽浪《ささなみ》の志賀さざれ波しくしくに常にと君が思ほせりける（二〇六）

「大君は神にしませば」も「楽浪の」も人麻呂がよく使っています。次の藤原の宮の役民の歌も人麻呂が作りながら作者不詳にしたものでしょう。この歌は遷都に反対する思いを秘めて詠まれたものですから作者名が隠されたのです。藤原宮造営に使役されている民の歌となっていますが、役民に作れる歌ではありません。

やすみしし　我が大君　高照らす　日の御子　荒栲の……田上山の　真木さく　檜のつまでを……騒く
御民も　家忘れ　身もたな知らず　鴨じもの　水に浮き居て……（五〇）

樹木の乱伐を憂えていること、川の中で酷使されている民を憐れんでいることがわかります。

〈仮定②「大倭出身」を検討する〉

人麻呂だけでなく山上憶良も高市黒人も大倭出身と考えます。年齢推定の結果、壬申の乱当初から大海人皇子に付き従ったのは黒人だけで、人麻呂と憶良は天武朝になってから大和に入ったと考えます。天武天皇が出身を隠したので、同郷の三人も隠さざるを得なかったのです。

大倭は額田王だけでなく黒人、人麻呂、憶良など歌人を次々に輩出したことになります。ですから大倭では早くから歌が詠まれていたと考えられます。天武天皇も歌を好んでいます。天武四（六七五）年二月に「歌の上手な男女や伎人をえらんでたてまつれ」、十四（六八五）年九月に「歌男、歌女、笛吹はみなその技術を子孫に伝えよ」と詔しています。人麻呂と憶良は四年の詔の頃、天皇の近くに侍ったとみています。

天武天皇は十年（六八一）三月、帝紀作成を命じます。一般に帝紀は日本書紀のこととされていますが、私は古事記とみています。古事記の序文を読めば天武天皇に捧げたものであることがはっきりわかります。天武天皇は古事記に歌を添えようとしますが、大和には磐姫や衣通王に成り代わって歌を詠める人がいません。そこで抜擢されたのが人麻呂と憶良です。二人は歌が詠めるだけでなく大倭（大分）や倭（湯布院）の歴史にも通じていたので、古事記の著述にまさに打って付けでした。飛躍しすぎと思われるかもしれませんが、私は太安万侶《おおのやすまろ》に旧辞を口誦した稗田阿礼《ひえだのあれ》こそ人麻呂と考えています。

人麻呂と憶良には『古事記』に挿入する歌作りのほか、行幸などで天皇の求めに応じて歌を詠む役目もありました。人麻呂には皇子や皇女の薨去《こうきょ》に歌を捧げる役もあって、挽歌のときは努めて人麻呂名を使ったようです。宮廷外で詠んだときや名が知れると都合が悪いときは長忌寸意吉麻呂や他の名を使っています。憶良は遣唐使や伯耆守に任じられた時期があります。元明天皇になって古事記編纂から日本書紀編纂に方針転換された後も二人の役は続いたようです。

〈仮定③「職務上の名」を検討する〉

人麻呂に職務上の名があったでしょうか。あったなら正史に出ているはずです。そう思いながら続紀を読み直していると笠朝臣麻呂《かさのあそんまろ》という人物が人麻呂に重なってみえてきました。笠朝臣麻呂は官吏としてさまざまな働きが記録されています。歌は一首もなく、仕事一筋の人のようです。ところが出家して満誓を名乗った途端に歌を詠んでいるのです。大伴旅人主催の太宰府「梅花の宴」での歌もあります。在職中は歌を詠んだことがない人が出家しただけで旅人に招待されるほどの歌人になれるでしょうか。笠朝臣麻呂は出家前から歌人であったに違いありません。人麻呂の職務上の名が笠朝臣麻呂なのではないしょうか。歌を詠むときは人麻呂あるいは意吉麻呂などの名を使ったため笠朝臣麻呂の歌がないのです。以下は笠朝臣麻呂の事蹟です。

慶雲元（七〇四）年正月　従五位下
慶雲三（七〇六）年七月　美濃守
和銅元（七〇八）年三月　従五位上、美濃守
和銅四（七一一）年四月　正五位上
和銅六（七一三）年正月　従四位下
和銅七（七一四）年二月　吉蘇（木曽）路を開通した功により食封七十戸と田六町を賜る
霊亀二（七一六）年六月　尾張守兼任
養老元（七一七）年十一月　従四位上
養老三（七一九）年七月　美濃国守・尾張、参河、信濃の三国管掌
養老四（七二〇）年十月　右大弁
養老五（七二一）年五月　太上（元明）天皇の病臥により出家、沙弥満誓という
養老七（七二三）年二月　観世音寺造成のため筑紫へ、観世音寺別当《べっとう》となる

慶雲元年以前、笠朝臣麻呂は出てきません。下級官吏だったため記録にないのでしょうか。それとも、別名があったのでしょうか。私は別名と考えます。その名は丹比真人笠麻呂《たじひのまひとかさまろ》です。正六位下の丹比真人笠麻呂が従五位下に任じられたとき朝臣の姓を賜って笠朝臣麻呂に改名したのです。

丹比（多治比とも）氏は藤原氏が政治を独占する前の実力者一族です。天武天皇即位後、急に活躍を始めていますので、天武天皇に従って大倭から大和に入った一族でしょう。多治比真人嶋《しま》が正二位で左大臣、子の四人も大納言や中納言になっています。

丹比真人笠麻呂と笠朝臣麻呂を同一人物とみる理由は以下の通りです。

①名が似ている

②丹比真人笠麻呂は歌が詠める
　万葉集に三首の歌がある（二八八、五一二、五一三番）。「丹比真人」とだけ記載された歌も三首（一二六、一六一三、一七三〇番）。丹比大夫名の歌もある（三六四七、三六四八番）。丹比真人笠麻呂、丹比真人、丹比大夫は同一人物と考えられる

③丹比真人笠麻呂の歌は大宝元（七〇一）年紀伊国行幸が最後（二八八番）。以降の歌がないのは、慶雲元年に改名したから

次に笠朝臣麻呂（沙弥満誓、丹比真人笠麻呂）と柿本人麻呂を同一人物と考える理由です。

①沙弥満誓も歌が上手である

②大宝元（七〇一）年の紀伊行幸に丹比真人笠麻呂が供をしているが、このときのものと思われる人麻呂の歌や意吉麻呂の歌がある。人麻呂が名を使い分けたと考える

③両者とも対句を使っており共通する語句も多い。たとえば、五一二番笠麻呂の歌では対句を使ったうえ、「鳥じもの」「うち靡《なび》き」などの語句は人麻呂の歌にもよく出ている

④人麻呂が石見で死んだとき、人麻呂の意に擬えたとする丹比真人の歌がある。「人麻呂の意に擬える」など本人でなければできないこと。丹比氏の一員だった人麻呂が自分は死んだことにして丹比真人の名で詠んだと考える

人麻呂周辺

丹比氏は宣化天皇の後裔とされています。多治比真人嶋をさかのぼると宣化天皇に行きつく系図があります。

宣化天皇―上殖葉《かみつえのは》皇子―十市王―多治比古王―多治比真人嶋

この系図は疑問です。宣化天皇は宣化四（五三九）年に崩御しています。多治比真人嶋は推古三十二（六二四）年生まれで、宣化天皇とのあいだが三代では少なすぎます。この間、天皇は欽明、敏達、用明、崇峻、推古、舒明、皇極、孝徳、斉明、天智、天武、持統、文武と十三代です。系図は創られたのです。嶋の先代の多治比古王が天武天皇に従って大倭から大和に入った人物と考えます。多治比古王はもとは別の名だったのですが、本拠地を丹比（大阪府羽曳野《はびきの》市西部）に移してから多治比古王を名乗ったのです。嶋の二代前の十市王は十市皇女と同じく国東市武蔵町古市の人で尾張氏支族の王です。この十市王を上殖葉皇子にくっつけて系図ができあがったのでしょう。

では、多治比古王のもとの名は何だったのでしょうか。続紀の文武四（七〇〇）年三月に道照《どうしょう》という名僧の記事があります。道照は河内国丹比郡の人で姓は船連《ふねのむらじ》、父は少錦下《しょうきんげ》の恵釈《えさか》です。私は壬申の乱で活躍した

「大分の君恵尺」を思い浮かべました。大分の君恵尺が船連恵釈であり、丹比に移って多治比古王を名乗ったと考えます。であれば、嶋と道照は兄弟です。

船連恵釈は早い時期から大和に入っていました。乙巳の変（皇極四［六四五］年）で蘇我蝦夷が天皇記・国記を焼いたとき、「船史恵尺が国記をすばやく取り出して中大兄皇子に奉った」とあることからわかります。この話にはウラがあります。蘇我氏が自らの正統性を記した天皇記を焼くはずがありません。それに大海人皇子側近の恵尺が皇子を通さずに直接、中大兄皇子に国記を渡すことも考えられません。恵尺は大海人皇子の命によって混乱する入鹿の宮殿から天皇記・国記を持ち出して、天皇記は秘匿し、国記だけを中大兄皇子に差し出したのです。のち天武天皇による帝紀編纂にあたって天皇記が下敷きにされたことは言うまでもありません。

「真人」は天武十三（六八四）年の詔で与えられた「八色《やくさ》の姓」の第一です。以下、真人への疑問です。

①第一の姓なのに多治比氏を除く十二氏が高い地位にあったとは思えない。第二の姓「朝臣」や第三の「宿禰」に中臣連、大伴連など有力者が多い

②臣下に与えるものなのに天武天皇自身の諱《いみな》に使われている（天渟中原瀛真人天皇）

①②から「真人」は地位にかかわりなく、天武天皇が深く信を置く一族に与えた姓と考えます。天皇に従って大倭から大和に入った尾張氏支族を中心に与えたのではないでしょうか。

妻への挽歌から人麻呂に子がいたとわかります（二一〇、二一三番）。この子を笠朝臣金村と考えます。金村は人麻呂に続く宮廷歌人で、人麻呂同様に行幸の歌や皇子への挽歌を残しています。人麻呂とは名が似ていませんが、笠朝臣麻呂の子とみれば納得できます。

第4章

人麻呂　歌人になる

人麻呂と阿礼

人麻呂の生年

一般に人麻呂の生まれは斉明六（六六〇）年頃とみられていますが、決め手になる資料はありません。人麻呂と稗田阿礼を同一人物として生年を考えてみました。

稗田阿礼には生年を探る手掛かりがあります。古事記序文に「皇帝の日継ぎ、先代の旧辞を誦み習うよう命じられたとき二十八歳」と記されているのです。命じられた時期がいつかが問題です。帝紀作成を勅した天武十（六八一）年に二十八歳だったと仮定すると白雉五（六五四）年生まれとなり、一般説の六六〇年からそう離れてはいません。同一人物説は現実味に欠けるものではないのです。以後、人麻呂＝阿礼として話を進めていくことにします。憶良は天平五（七三三）年に七十四歳であることを自身が沈痾《ちんあ》自哀文《じあいのぶん》に書いているので斉明六年生まれです。

「皇帝の日継ぎ、先代の旧辞を誦み習うよう」命じられたときから人麻呂の活躍が始まります。このときの名は人麻呂でも阿礼でもなく丹比笠麻呂だったでしょう。笠麻呂は古事記序文で「人と為り聡明にして、目に度れば口に誦み、耳に払るれば心に勒す」とされるほど優秀な若者でした。笠麻呂が指名された理由はそれだけではありません。学ぶべき「皇帝の日継ぎ、先代の旧辞」とは「天皇記」のことです。天皇記は丹比家で秘蔵されていたのですから、丹比氏の一員である笠麻呂が最適だったというわけです。

稗田阿礼の意味

稗田阿礼の名にどのような意味があるのでしょう。稗田では気づきにくいのですが「日枝」と書けば「日吉の神」に関わることがみえてきます。日吉の神は大山咋神《おおやまくい》のことで「日枝山に坐し、また松尾に坐す」とされています。日枝山は日吉大社、松尾は松尾大社を指しています。阿礼と日吉大社や松尾大社はどう結びつくのでしょう。私は、阿礼とは「神が現れる」ことで、稗田阿礼ならば「大山咋神の出現」を意味すると考えました。

京都市右京区に木島坐天照御魂《このしまにますあまてるみたま》神社という古社があります。ちょうど日吉大社と松尾大社を結ぶ線上に位置していて、この木島社が「阿礼」に関係するのではないかと思ったのですが、確認には至りませんでした。しかし同じ線上の京都市左京区の賀茂御祖《かもみおや》神社（下鴨社）の御蔭《みかげ》祭がかつて御生《みあれ》神事と呼ばれていたことから賀茂御祖神社も同線上の木島社も「阿礼」に関わりがあるように思います。御蔭祭の頃、両社から見て日の出方向に日吉大社が位置しますので御蔭祭（御生神事）はやはり日吉の神の出現を祈るものでしょう。

稗田阿礼の意味はわかりました。次は古事記序文で人名として使われた理由です。大宝元（七〇一）年四月「山背国葛野郡の月読《つくよみ》神、樺井《かばい》神、木嶋神、波都賀志《はつかし》神の神稲は今後は中臣氏に給付せよ」との勅がありました。勅の木嶋神は木島社のことです。太安万侶は勅に不満だったのです。「神稲はそれぞれの社に納めるべきで、中臣氏に給すなんてとんでもない。日吉の神よ、どうか現れ給いて神威をお示しください」と言いたかったのです。そのため執筆中の古事記序文で丹比笠麻呂の名を稗田阿礼に替えたのです。

人麻呂は天武十（六八一）年から古事記に挿入する歌を作りはじめました。歌人人麻呂のスタートです。

人麻呂の歌と周辺の人々を年代順に追ってみましょう。

天武朝において

「妻と別れる歌」「死に臨んだときの歌」を依羅娘子と結婚して間もない天武十四（六八五）年頃のものとみます。

〈石見で死んだか〉

　　柿本朝臣人麻呂、石見の国より妻に別れて上り来る時の歌（一三一〜一三八略）

石見の海　角の浦廻を　浦なしと　人こそ見らめ　潟なしと　人こそ見らめ……（一三一）

石見のや高角山の木の間より我が振る袖を妹見つらむか（一三二）

石見の海打歌の山の木の間より我が振る袖を妹見つらむか（一三九）

　　柿本朝臣人麻呂が妻　依羅娘子、人麻呂と相別るる歌

な思ひと君は言へども逢はむ時いつと知りてか我が恋ひずあらむ（一四〇）

以上は相聞の歌とされ、次は挽歌に入れられています。

柿本朝臣人麻呂、石見の国に在りて死に臨む時に、自ら傷みて作る歌

鴨山の岩根しまける我れをかも知らにと妹が待ちつつあるらむ　（二二三）

柿本朝臣人麻呂が死にし時、妻依羅娘子が作る歌二首

今日今日と我が待つ君は石川の峡に交じりてありといはずやも　（二二四）

直に逢はば逢ひかつましじ石川に雲立ち渡れ見つつ偲はむ　（二二五）

丹比真人（名は欠けたり）、柿本朝臣人麻呂が意に擬へて報ふる歌

荒波に寄り来る玉を枕に置き我れここにありと誰れか告げけむ　（二二六）

或本の歌に曰く

天離る鄙の荒野に君を置きて思ひつつあれば生けるともなし　（二二七）

右の一首の歌は、作者いまだ詳らかにあらず

一般に相聞の一群は人麻呂が若いときのもので挽歌の一群は人麻呂が死を迎えたときのものと考えられています。死の時期は定かではなく諸説あります。二二三番題詞から死の場所を石見とする説が有力視されていますが他を主張する人もいます。歌から浮かぶ疑問です。

①人麻呂は石見から出て行ったのに、いつ石見に戻ったか

②依羅娘子は離縁されたのに、いつ復縁したのか

③依羅娘子は石見の人だが、石見で死のうとしている人麻呂のそばにいないのはなぜか

④島根県には高角山《たかつの》や打歌山《うつた》などなく、鴨山の場所もどうかと思われる。歌は本当に石見で詠まれたか（島根県内の鴨山候補は邑智《おおち》郡美郷《みさと》町と浜田市の二箇所。高角山候補は江津《ごうつ》市の島の星山と益田市の高《たか》津《つ》の山。打歌山候補は益田市の大道《おおどう》山）

⑤一三一番や一三八番（略）の石見の歌にどうして和田津《にきたづ》（愛媛県松山市）が出てくるのか

⑥人麻呂に成り代わって歌を詠むことができる人などいただろうか（二二六番）

二二三から二二五番を死を偽装した歌と考えたならば、疑問に答えることができそうです。相聞の一群も挽歌の一群も同じときに詠まれたもので、二二三番以下は本来一四〇番に続けられるべきものでしょう。一連の歌は人麻呂が依羅娘子を裏切って丹比（大阪府羽曳野市）を抜け出して大和の石川郎女《いしかわのいらつめ》のもとを目指したことを詠んだのです。人麻呂が行きついた先は奈良県広陵《こうりょう》町です。広陵町に笠地名が残っています。石川郎女はこの時期における数少ない女流歌人で久米《くめ》禅師、大津皇子、草壁皇子と歌を交わしています。

一三一番「石見の海　角の浦廻を　浦なしと」の歌では「浦なし」が言いたかったのです。浦なしは「心がない」ことで、自分は無情にも妻を捨てて大和の女のもとに走ろうとしていると歌ったのです。「石見」は浦なしと詠むために使われただけですからそのあとに場違いの和田津が出てきても一向に構わなかったのです。人麻呂は生駒《いこま》山地と金剛《こんごう》山地のあいだの竹之内《たけのうち》峠を越えました。高角山あるいは打歌山は竹之内峠の手前です。袖を振れば丹比の依羅娘子に見えるのですから。鴨山は竹之内峠の先、広陵町付近です。

詠まれた場所が石見の国でないことは歌からもわかります。仮に石見とすれば人麻呂と依羅娘子の二人とも石見にいて、石川も石見の国にあることになります。すると同じ国にいる依羅娘子が「石川に雲立ち渡れ」と歌うことがおかしくなります。石川が山の向こうの見えないところだからこそ「雲立ち渡れ」なのです。依羅娘子が羽曳野市の丹比に、人麻呂が広陵町の鴨山にいるとしましょう。丹比と鴨山のあいだには峠があるので直接は見えません。だから「雲立ち渡れ」で話が合うのです。

二二六番を詠んだ丹比真人も、不詳とされた二二七番の作者も人麻呂でしょう。人麻呂に代わって歌を詠むことができるのは名を変えた人麻呂だけです。二二六番は「こっそり出てきたのに、石川郎女のもとにいることを誰が漏らしたのだろう」の意味です。二二七番は「やっぱりあなたのことが気にかかってどうしようもありません。あなたを置き去りにしたうしろめたさで生きた心地がしません」の意味です。

石川郎女と歌を交わした一人に久米禅師がいます。久米禅師も正体不明です。私は憶良の別名と考えました。禅師の九六番（略）は婉曲に相手の気持ちを問うています。相手に気づかいをみせる態度は憶良のものです。久米を名乗っていることから久米氏と何らかの関わりがあるのでしょう。

〈天武天皇に奉る歌〉

天武天皇への挽歌です。一五九と一六〇、一六一（略）は天武十五（六八六）年の崩御のとき、一六二番は八年後の持統七（六九三）年に供養のための御斎会で持統天皇が詠んだとされています。

やすみしし　我が大君し……その山を　振り放け見つつ　夕されば……（一五九）

……天の下　知らしめしし　やすみしし　我が大君　高照らす　日の御子……（一六二）

人麻呂がよく使う語句が並んでいます。人麻呂が作った歌を持統天皇が誦したのです。

〈天智天皇に奉る歌〉

天智天皇への挽歌です。天皇病臥の一四七、一四八番（略）、崩御の一四九、一五三番（略）は皇后の倭姫王の歌とされていますが、これらも人麻呂作です。詠まれた時期を天武天皇への歌よりあととなる天武十五（六八六）年以降としたのは、天武天皇存命中に天智天皇に奉る歌を作ることは憚られたと考えるからです。

〈麻続王への歌〉

二三番「麻続王《おみ》が伊勢の国の伊良虞《いらご》の島に流された時に人の哀傷しびて作る歌」も二四番の「麻続王が和ふる歌」も天武天皇崩御後に人麻呂が詠んだとみます。書紀では麻続王の配流は天武四（六七五）年で、因幡に流すです。罪人の麻続王を悲しぶ歌を詠んだならば罪に問われかねません。そのため天皇崩御後に名を隠し、配流場所も変えて詠んだのです。

大倭生まれの枕詞

大和より先に大倭で歌が詠まれたことは前述しました。枕詞には大倭にちなむものが多いのもそのためなのです。いくつか例を挙げてみましょう。

①そらみつ　大和にかかる。語義もかかりかたも未詳とされている

一般説　空にそそりたち満つる山か、との説がある

私　説　湯布院にあった国「倭」にかかる

説　明　湯布院は周囲が山で、山以外見えるのは空だけ。空が満ちている

②しきしまの　大和にかかる
一般説　磯城《しき》に都があったからとされている。そのような理由が通るのであれば「かしはらの」「わきがみの」「かすがの」「かたしほの」も大和にかかるはず
私　説　湯布院にあった国「倭」にかかる
説　明　しきしまは「霧敷く場所」の意味。湯布院はまさに霧の名所
③ひさかたの　天や空にかかる。語義もかかりかたも未詳とされている
一般説　日の射す方向、久しく続くなどの意味か、との説がある
私　説　湯布院の北に構える飛岳《とびたけ》の山頂に続く「天・空」にかかる
説　明　ひさかたは「ひさごかた」の省略形で、ひょうたん形（霊力がある）の意味。飛岳の山頂はひょうたん形をしている
④つのさはふ　磐余にかかる。語義もかかりかたも未詳とされている
一般説　兵士が満《み》めていたからとされている
私　説　湯布院町若杉地区の傾斜地「岩群れ」にかかる
説　明　「つの」は突き出た岩、「さはふ」はたくさんなことで、岩が林立する意味
⑤たまだすき　懸く、畝傍にかかる
一般説　たすきをうなじにかけるから「掛く」に、うなぐから畝傍にかかる
私　説　雲（たまだすき）が畝傍山の肩に「掛かる」
説　明　「うねび」は双耳峰の意味で、畝傍山は由布岳のこと
⑥おしてる　難波にかかる。語義もかかりかたも未詳とされている
一般説　「照り輝く」「一面を照らす」の意味か、との説がある

私　説　朝日に輝く「別府湾（難波）」にかかる。「な」は光のこと
説　明　鶴見岳の麓から見る別府湾の夜明けは、まさに「なには（光の庭）」
⑦ももきね　美濃の国にかかる。語義もかかりかたも未詳とされている
一般説　美濃は岐阜県南部との説が有力
私　説　大分県杵築市の「美濃」にかかる
説　明　「美濃」は御料地（御野）の意味で「ももきね（百岐年）」は立入り禁止を示す柵。杵築市には美濃山、美濃崎の地名が残っている

持統朝において

〈吉野行幸〉
持統天皇の吉野行幸は持統三（六八九）年正月以降何度もあります。歌は持統三年のものと考えます。

吉野の宮に幸す時に柿本朝臣人麻呂が作る歌（三九略）

やすみしし　我が大君の……宮柱　太敷きませば　ももしきの　大宮人は……（三六）
見れど飽かぬ吉野の川の常滑の絶ゆることなくまたかへり見む（三七）
やすみしし　我が大君……高殿を　高知りまして　登り立ち　国見をせせば……（三八）

「やすみしし我が大君」は人麻呂の歌によく出てきます。三番間人連老名の歌でも使われていました。ま

た「登り立ち国見をせせば」は二番舒明天皇名のものとほぼ同じです。「宮柱太敷きませば」「高殿を高知りまして」は書紀の神武天皇即位を寿《ことほ》ぐ文「畝傍の橿原に宮柱を底磐根《そこついわね》に太しき立て、高天原に搏風峻峙《ちぎたかし》りて……」に似ています。人麻呂が書紀を真似たとは考えられません。書紀の完成は七二〇年で、歌の方が先ですから。人麻呂が書紀編纂に関わっていて神武天皇即位を寿ぐ文を作ったとする方が納得できます。

〈草壁皇子への歌〉

持統三（六八九）年四月、日並（草壁）皇子が薨じたときの人麻呂の歌一六七から一六九番（略）です。「或本の歌」とある一七〇番（略）も人麻呂作でしょう。一六七番に天孫降臨神話が詠み込まれていることから、人麻呂が完成前の記紀の内容を知り得る立場にあったことがわかります。

〈有間皇子を悼んで〉

同年九月の紀伊国行幸に憶良と長忌寸意吉麻呂がお供します。意吉麻呂＝人麻呂であることは前述しました。歌は処刑された有間皇子を悼むものですから人麻呂の名を使っていないのです。この行幸のときに詠まれたと思われる歌です。

有間皇子、自ら傷みて松が枝を結ぶ歌二首

岩代の浜松が枝を引き結び　ま幸くあらばまた帰り見む　（一四一）
家なれば笥に盛る飯を草枕　旅にしあれば椎の葉に盛る　（一四二）

長忌寸意吉麻呂、結び松を見て哀咽しぶる歌二首

岩代の崖の松が枝結びけむ人は帰りてまた見けむかも　（一四三）
岩代の野中に立てる結び松心も解けずいにしへ思ほゆ　（一四四）

山上臣憶良が追和の歌
天翔りあり通ひつつ見らめども人こそ知らね松は知るらむ　（一四五）

中皇命、紀伊の温泉に往す時の御歌
君が代も我が代も知るや岩代の岡の草根をいざ結びてな　（一〇）
我が背子は仮廬作らす草なくは小松が下の草を刈らさね　（一一）
我が欲りし野島は見せつ底深き阿胡根の浦の玉ぞ拾はぬ　（一二）

中大兄皇子の三山の歌（一三、一四、一五略）

有間皇子の二首も中皇命、中大兄の三首も人麻呂の作です。中皇命や中大兄皇子がお供をした紀伊国行幸は斉明四（六五八）年十月で、このとき王朝内で歌が詠めたのは額田王だけです。その額田王が残した九番に人麻呂と憶良が歌を付け足して有間皇子の悲劇を歌い上げたのです。

〈妻の死〉
二〇七から二〇九番は妻の死を詠んだものです。持統四（六九〇）年頃のものとみます。題詞は「人麻呂、妻死にし後に泣血哀慟《きゆうけつあいどう》して作る歌」です。妻の里が軽（橿原市《かしはら》）と詠まれていることから亡くなったのは依羅娘子ではなく、石川郎女あるいは別の女性でしょう。

〈川島皇子への歌〉

次は一九四、一九五番（略）です。題詞は「柿本人麻呂、泊瀬部《はつせべ》皇女と忍壁《おさかべ》皇子とに献る歌」、左注は「或本には河島皇子を越智野に葬りし時に泊瀬部皇女に献る歌なりといふ」です。川島皇子の薨去は持統五年（六九一）年九月で、泊瀬部皇女は妻です。

〈伊勢行幸〉

持統六（六九二）年三月伊勢行幸のときの歌です。なぜか人麻呂は留守番を命じられています。題詞は「伊勢の国に幸す時に、京に留まれる柿本朝臣人麻呂が作る歌」です。

鳴呼見の浦に舟乗りすらむをとめらが玉裳の裾に潮満つらむか　（四〇）
釧着く答志の崎に今日もかも大宮人の玉藻刈るらむ　（四一）
潮騒に伊良虞の島辺漕ぐ舟に妹乗るらむか荒き島廻を　（四二）

どうやら人麻呂の恋人は伊勢にお供したようです。飛鳥京に残された人麻呂はヤキモキしています。「潮満つらむか」「大宮人」「玉藻刈る」は人麻呂がよく使っています。

〈安騎野遊猟〉

同年の冬、軽皇子（文武天皇）が安騎野《あきの》に遊猟したときの人麻呂の歌です。

やすみしし　我が大君　高照らす　日の御子……草枕　旅宿りせす　いにしへ思ひて（四五）
安騎の野に宿る旅人うち靡き寐も寝らめやもいにしへ思ふに（四六）
ま草刈る荒野にはあれど黄葉の過ぎにし君が形見とぞ来し（四七）
東の野にはかぎろひ立つ見えてかへり見すれば月かたぶきぬ（四八）
日並皇子の命の馬並めてみ狩立たしし時は来向ふ（四九）

五首は軽皇子の遊猟に献じたものとして雑歌に入れられていますが、内容は日並（草壁）皇子に捧げる挽歌です。雑歌に入れたのは草壁皇子の死に絡む何らかの事情があってのことでしょう。

〈藤原宮〉

次は藤原宮造営の様子を詠んだもので「藤原の宮の役民の作る歌」とされています。歌の語句から人麻呂の作とみます。

やすみしし　我が大君　高照らす　日の御子　荒栲の　藤原が上に　食す国を……（五〇）

次の五二、五三番は藤原宮の御井を詠んでいるので遷都（持統八［六九四］年）後のものです。左注は「右の歌は作者いまだ詳らかにあらず」としていますが、これも人麻呂の作です（五三略）。

やすみしし　我ご大君　高照らす　日の御子　荒栲の　藤井が原に　大御門……（五二）

三首は遷都を寿ぐ歌ではなかったので人麻呂の名を出していないのです。

〈高市皇子への歌〉

持統九（六九五）年七月、高市皇子薨去のとき人麻呂が奉った三首です（二〇〇、二〇一略）。

かけまくも　ゆゆしきかも　言はまくも　あやに畏き　明日香の　真神の原に……　（一九九）

「やすみしし我が大君」で始まっていませんが、歌中で二回使っています。この歌は長歌のなかでも特に長いものです。人麻呂は何人もの皇子に挽歌を捧げていますが、このようなものはほかにありません。人麻呂にとって高市皇子は特別な人だったのでしょう。

郵便はがき

料金受取人払郵便

博多北局
承認

0862

差出有効期間
2025年11月30日
まで（切手不要）

812-8790

158

福岡市博多区
奈良屋町13番4号

海鳥社営業部 行

通信欄

通信用カード

このはがきを，小社への通信または小社刊行書の注文にご利用ください。今後，新刊などのご案内をさせていただきます。ご記入いただいた個人情報は，ご注文いただいた書籍の発送，お支払いの確認などのご連絡及び小社の新刊案内をお送りするために利用し，その目的以外での利用はいたしません。

新刊案内を［希望する・希望しない］

〒　　　　　　　　☎　　　（　　　）

ご住所

フリガナ

ご氏名

お買い上げの書店名　　　　かぎろいのうた

関心をお持ちの分野

歴史，民俗，文学，教育，思想，旅行，自然，その他（　　　　）

ご意見，ご感想

購入申込欄

小社の出版物は全国の書店，ネット書店で購入できます。トーハン，日販，楽天ブックスネットワーク，または地方・小出版流通センターの取扱書ということで最寄りの書店にご注文ください。なお，本状にて小社宛にご注文くださると，郵便振替用紙同封の上直送いたします（送料実費）。小社ホームページでもご注文いただけます。http://www.kaichosha-f.co.jp

書名		冊
書名		冊

第5章 人麻呂は変幻自在

文武朝初期において

〈弓削皇子に和す〉

一六一三番（略）は文武二（六九八）年の作と考えます。題詞は「丹比真人が歌一首、名は欠けたり」です。丹比真人が丹比真人笠麻呂であり人麻呂であることは前述しました。弓削皇子の一六一二番に和した歌です。軽皇子の立太子に反対しようとしたあと、弓削皇子は微妙な立場にあって、皇子と親しくしていることを公にできなかったので笠麻呂の名を隠したのです。皇子は翌年、薨じます。

〈難波宮行幸〉

文武三（六九九）年正月、難波宮行幸に持統天皇が同行しています。題詞に「太上天皇、難波の宮に幸す時」とある歌です。

大伴の高石の浜の松が根を枕き寝れど家し偲はゆ　（六六）

左注は「右の一首は置始東人」です。東人も伝未詳とされていますが、人麻呂の別名でしょう。このとき詠んだと思われる長忌寸意吉麻呂名での歌もあります。

大宮の内まで聞こゆ網引すと網子ととのふる海人の呼び声　（二三九）

さらに丹比真人の歌、和ふる海人娘子の歌もこのときのものでしょう。

難波潟潮干に出でて玉藻刈る海人娘子ども汝が名告らさね　（一七三〇）
あさりする人とを見ませ草枕旅行く人に我が名は告らじ　（一七三一）

「玉藻刈る」「草枕」を人麻呂はよく使っています。「名告らさね」は一番、雄略天皇名の歌にも出ています。人麻呂は東人、意吉麻呂、丹比真人の名を使い分け、さらに海女にまでなっています。

〈弓削皇子への歌〉

同年七月、弓削皇子が薨じたときに置始東人が歌を捧げています。

やすみしし　我が大君　高照らす　日の御子　ひさかたの　天つ宮に　神ながら……　（二〇四）
大君は神にしませば天雲の五百重が下に隠りたまひぬ　（二〇五）
楽浪の志賀さざれ波しくしくに常にと君が思ほせりける　（二〇六）

二〇四番は人麻呂の歌そのもので、二〇五番の「大君は神にしませば」も人麻呂が二三五、二三六番で使っています。東人＝人麻呂は間違いありません。

〈石田王、紀皇女への歌〉

伝未詳の石田《いわた》王に捧げられた歌です。四二三〜四二五番（略）題詞は「石田王が卒りし時に丹生王が作る歌」です。続く四二六番（略）は「同じく石田王が卒りし時に、山前王が哀傷しびて作る歌」で、左注は「或いは柿本朝臣人麻呂が作といふ」です。さらに「或本の反歌二首」が続きます（四二八略）。

こもりくの泊瀬娘子が手に巻ける玉は乱れてありと言はずやも　（四二七）

左注は「右の二首は、或いは紀皇女の薨ぜし後に山前王、石田王に代りて作るといふ」です。これら一連の歌すべてを文武三（六九九）年に人麻呂が作ったものと考えます。石田王は弓削皇子です。皇子が紀皇女を偲ぶ歌を詠んでいることからわかります（一一九〜一二二略）。また、四二七番と似た情景を詠んだ人麻呂名での歌もあります。

土形娘子を泊瀬の山に火葬る時に、柿本朝臣人麻呂が作る歌

こもりくの泊瀬の山の山の際にいさよふ雲は妹にかもあらむ　（四二八）

土形娘子《ひじかたのおとめ》は伝未詳ですが、紀皇女のこととみます。火葬は文武四年以降とされていますので、紀皇女の薨去は弓削皇子より数年あとでしょう。

〈明日香皇女への歌〉

文武四（七〇〇）年四月、明日香《あすか》皇女薨去に人麻呂名で捧げた三首があります（一九六〜一九八略）。

〈紀伊国行幸Ⅰ：背の山〉

ふたたび有間皇子を詠んでいます。

大宝元（七〇一）年に紀伊国に幸す時に結び松を見る歌、人麻呂歌集の中に出づ

後見むと君が結べる岩代の小松がうれをまたも見むかも　（一四六）

この行幸で「背の山」が数首詠まれていますが、そのきっかけになったと思われる歌があります。持統四（六九〇）年、阿閉皇女（元明天皇）が背の山を越えるときに詠んだとされるものです。

これやこの大和にしては我が恋ふる紀伊道にありといふ名に負ふ背の山　（三五）

この歌も人麻呂作と考えます。さて、次が行幸での「背の山」の歌二首です。

丹比真人笠麻呂、紀伊国に往き、背の山を越ゆる時に作る歌

栲領巾の懸けまく欲しき妹の名をこの背の山に懸けばいかにあらむ　（二八八）

春日蔵首老、即ち和ふる歌

　よろしなへ我が背の君が負ひ来にしこの背の山を妹とは呼ばじ　（二八九）

丹比真人笠麻呂＝人麻呂ですから、人麻呂と春日蔵首老《かすがのくらのおびとおゆ》が道中で「背の山」を題材に歌を競ったのです。
春日蔵首老には次の歌もあります。

　川の上のつらつら椿つらつらに見れども飽かず巨勢の春野は　（五六）

対する坂門人足《さかとのひとたり》の歌です。

　巨勢山のつらつら椿つらつらに見つつ偲はな巨勢の春野を　（五四）

坂門人足も伝未詳ですが人麻呂の別名と考えます。「背の山」の次に「巨勢の椿」を歌の題材にしたのです。
この行幸に調首淡海《つきのおびとおうみ》という人物もお供して歌を詠んでいます。

　あさもよし紀伊人羨しも真土山行き来と見らむ紀伊人羨しも　（五五）

後人（家で待つ妻）の歌もあります。

　あさもよし紀伊へ行く君が真土山越ゆらむ今日ぞ雨な降りそね　（一六八四）

後人の歌は調首淡海の五五番に和して淡海の妻が詠んだものでしょう。双方の歌に「あさもよし」が使われていて無関係とは思われません。「あさもよし」は紀伊にかかる枕詞です。万葉集では数首の歌に出てきますが、初句に使われているのはこの二首だけです。夫婦で足並みを揃えたようにみえます。一六八四番は「旅の一行はそろそろ真土山《まつち》を越える頃だが、どうぞ良い天気でありますように。夫があれほど楽しみにしていたのですもの」と詠んでいます。この二首から次のようなことが想像できます。

●夫は歌人であり、旅好きで名所を見て回ることを楽しみにしている

●妻も歌が詠め、地理的感覚もある。夫の願いは自分の願いとするような心から夫に寄りそう女性

そのような夫婦像を描いた結果、調首淡海の正体を高市黒人と考えました。その理由です。

・黒人は歌人であり、歌も旅の歌ばかり

・黒人の歌から夫婦で旅に出ることがあったこと、夫婦仲が良かったことがわかる

・黒人の妻も歌を残している。歌から旅好きであることがわかる

上記に関わる黒人と妻の歌です。

　　高市連黒人が羇旅の歌

妹も我れも一つなれかも三河なる二見の道ゆ別れかねつる　（二七八）

夫婦で三河の二見《ふたみ》まで旅してきたのです。「一つなれかも」から黒人も妻に心を合わせていたとわかります。

　　一本には

三河の二見の道ゆ別れなば我が背も我れもひとりかも行かむ　（二七九）

この歌は作者が明らかにされていませんが、二七八番に和したものであることはわかります。

高市連黒人が歌二首

我妹子に猪名野は見せつ名次山　角の松原いつか示さむ　（二八二）

猪名野《いなの》まで夫婦で出かけたこと、妻も旅好きであることがわかります。

いざ子ども大和へ早く白菅の真野の榛原手折りて行かむ　（二八三）

黒人が妻の答ふる歌

白菅の真野の榛原行くさ来さ君こそ見らめ真野の榛原　（二八四）

真野《まの》の榛原《はりはら》に夫婦で来たことがわかります。整理してみましょう。

五五番は調首淡海の、一六八四番は後人の歌です。一六八四番は五五番の「あさもよし」「紀伊」「真土山」が取り込まれていますから後人を淡海の妻とみてよいでしょう。二七八番は黒人の歌です。二七八番に和す二七九番は歌の内容から女性が詠んだものです。黒人の妻の歌でしょう。二七九番には二七八番の「三河」「二見の道ゆ」「別れ」が取り込まれています。二八三番は黒人の、二八四番は妻の歌です。二八四番には二八三番の「白菅の真野の榛原」が取り込まれています。

以上のように淡海の妻と黒人の妻は歌の作り方が似ているので同一人物でしょう。であればそれぞれの夫の淡海と黒人も同一人物ということになります。

〈紀伊国行幸Ⅱ：真土山（七〇一年）〉

行幸の話に戻ります。弁基《べんき》という僧も真土山を詠んでいます。

真土山夕超え行きて廬前の角太川原にひとりかも寝む　（三〇一）

左注に「右は或いは弁基は春日蔵首老が法師名といふ」とあることから、弁基は春日蔵首老の別名とわかります。真土山を題材に調首淡海（黒人）と春日蔵首老が歌を詠みあったのです。

春日蔵首老の「弁基」に対して黒人は「小弁」を名乗ったようです。三〇八番の黒人の歌の左注「右の歌は或本には小弁が作といふ。いまだこの小弁といふ者を審らかにせず」からわかります。左注は「黒人と小弁は同一人物です」とささやいているのです。長忌寸意吉麻呂名の歌もあります。

風莫の浜の白波いたづらにここに寄せ来る見る人なしに　（一六七七）

人麻呂名の歌も四首あります（五〇〇～五〇二略）。

み熊野の浦の浜木綿百重なす心は思へど直に逢はぬかも　（四九九）

人麻呂はこの行幸で丹比真人笠麻呂、坂門人足、意吉麻呂、人麻呂の名を使い分けています。このとき憶良がいないのは遣唐使に任じられていたためです。

春日蔵首老は生没年不詳です。続紀に「大宝元（七〇一）年三月、僧弁紀を還俗させて春日倉首の姓と老という名を与え、追大壱の位を授けた」「和銅七（七一四）年正月、春日椋首老に従五位下を授けた」とあります。還俗後の名は新たに与えられたもので、出家前の名はわかりません。もとの名は隠さなければならなかったようです。このように考えると、この人も大倭出身なのでしょう。「春日」は「十市」を暗示しているように思います。十市県のもとの名が春日県だからです。

高市黒人も生没年不詳です。その事蹟について黒人の名では歌から推測するしかありませんが、調首淡海の名ではいくつか公式記録が残されています。

「天武元（六七二）年六月（壬申の乱で天皇に最初から従った人々は）調首淡海など二十人あまり」（『日本書紀』）。

「和銅二（七〇九）年正月、調連淡海に従五位下を授けた」「和銅六（七一三）年四月、調連淡海に従五位上を授けた」「神亀四（七二七）年十一月（皇子の誕生の祝い品を）調連淡海は高齢により特に賜った」（『続日本紀』）。

壬申の乱で天武天皇に従っていますので、大倭出身であることは濃厚です。人麻呂より年上で春日蔵首老と近い年代とみます。黒人が九州に遣わされた記事はありませんが、次の歌があります。

　　四極山うち越え見れば笠縫の島漕ぎ隠る棚なし小舟　（二七四）

四極《しはつ》山は高崎山のことで、黒人が高崎山を越えたことがわかります。

〈参河行幸〉

大宝二（七〇二）年十月、太上天皇（持統天皇）の参河行幸に意吉麻呂と黒人がお供しています（五七番略：意吉麻呂、五八番略：黒人）。このときのものと思われる歌がほかにもあります。

近江の荒れたる都を過ぐる時に、柿本朝臣人麻呂が作る歌（二九～三一略）

高市古人、近江の旧き都を感傷しびて作る歌、或書には高市連黒人といふ（三二、三三略）

文武朝後半から元明朝において

〈笠朝臣麻呂登場〉

慶雲元（七〇四）年正月、続紀「正六位下の笠朝臣麻呂に従五位下を授けた」

〈忍壁皇子への歌〉

慶雲二（七〇五）年五月、忍壁皇子が薨じます。皇子への挽歌はありません。歌を捧げることができない事情があったのでしょう。そのためか雑歌のなかに皇子に捧げたと思われる人麻呂名の歌があり、忍壁皇子生前の頃の作を装っています。

天皇、雷の岳に幸す時に、柿本朝臣人麻呂が作る歌

大君は神にしませば天雲の雷の上に廬りせるかも（二三五）

右は或本には忍壁皇子に献るといふ、その歌

大君は神にしませば雲隠る雷山に宮敷きいます（二三六）

次の詠み人不詳の歌も人麻呂作と考えます。

忍壁皇子に献る歌、仙人の形を詠む

とこしへに夏冬行けや裘　扇放たぬ山に住む人　（一六八六）

刑部垂麻呂《おさかべのたりまろ》も人麻呂の別名です。「刑部」は忍壁皇子との関わりを示しています。

近江の国より上り来る時に、刑部垂麻呂が作る歌

馬ないたく打ちてな行きそ日ならべて見ても我が行く志賀にあらなくに　（二六五）

柿本朝臣人麻呂、近江の国より上り来る時に宇治の川辺に至りて作る歌

もののふの八十宇治川の網代木にいさよふ波のゆくへ知らずも　（二六六）

長忌寸意吉麻呂が歌

苦しくも降り来る雨か三輪の崎狭野の渡りに家もあらなくに　（二六七）

柿本朝臣人麻呂が歌

近江の海夕波千鳥汝が鳴けば心もしのにいにしへ思ほゆ　（二六八）

歌は刑部垂麻呂、人麻呂、意吉麻呂、人麻呂の順に並べられていて一見、忍壁皇子の死に関わりはないよ

うですが四首とも皇子に捧げる人麻呂の歌です。このあとに志貴皇子の歌が続きます。

むささびは木末求むとあしひきの山のさつ男にあひにけるかも　（二六九）

さつ男は猟師です。猟師に捕らえられたむささびを弓削皇子とみる説もありますが、歌が並んだ位置から考えて忍壁皇子でしょう。忍壁皇子は死の一カ月前に越前国の野百町を賜ります。歌の「木末」は百町の野を指していて、皇子は越前に出かけようとしたところを討たれたのではないでしょうか。

次が「石見で死に臨む歌」（前出）で、一般にこのあと人麻呂の歌はないと考えられています。

〈田口広麻呂の死〉

次の歌はいつのものかわかっていません。田口朝臣広麻呂《たぐちのあそんひろまろ》は慶雲二（七〇五）年十二月に従五位下を授けられているので、歌は慶雲三年のものとみます。

田口広麻呂が死にし時に、刑部垂麻呂が作る歌

百足らず八十隈坂に手向けせば過ぎにし人にけだし逢はむかも　（四三〇）

人麻呂名で歌うことに差しさわりがあったのでしょう。刑部垂麻呂名から広麻呂は忍壁皇子の死に関わりがあったと考えられます。従五位にかかわらず「卒」でなく「死」が使われているので刑死かもしれません。広麻呂は暗殺者（さつ男）で、成功報酬として一旦は従五位になったものの、結局は口封じに処刑されたということでしょうか。

〈笠朝臣麻呂旅立つ〉

慶雲三（七〇六）年七月、笠朝臣麻呂が美濃守に任じられます。次の二首を旅立ち前の歌とみます。

間人宿禰大浦が初月の歌二首

天の原振り放け見れば白真弓張りて懸けたり夜道はよけむ　（二八九）

倉橋の山を高みか夜隠りに出で来る月の光り乏しき　（二九〇）

間人宿禰大浦《はしひとのすくねおおうら》も人麻呂の別名です。「天の原振り放け見れば」は一四七番、倭姫王の歌（人麻呂の代作）でも使われています。次の二首は旅立ちの歌です。

泉の川辺にして間人宿禰が作る歌二首（一六八九、一六九〇略）

〈依羅娘子の死〉

笠朝臣麻呂が美濃守に任じられるひと月ほど前の慶雲三年六月二十四日に従四位下の与射女王《よさのおおきみ》が卒します。与射女王を人麻呂の妻の依羅娘子とみます。人麻呂は愛する妻が死んでしまったので大和を離れる決意をしたのです。依羅娘子も伝未詳ですが丹比にいたことから大倭出身とみます。だから歌が詠めたのです。豊国の河内に依網池を造ったことは先に触れましたが、「依羅」は河内の依網と関わりがあるように思います。依羅娘子・与射女王に関わる歌です。

柿本朝臣人麻呂が妻依羅娘子、人麻呂と相別るる歌

な思ひと君は言へども逢はむ時いつと知りてか我が恋ひずあらむ　（一四〇）

柿本朝臣人麻呂が死にし時、妻依羅娘子が作る歌（二二四、二二五番前出）

誉謝女王が作る歌

流らふるつま吹く風の寒き夜に我が背の君はひとりか寝らむ　（五九）

この歌は参河行幸の次に並んでいるので、大宝二（七〇二）年の行幸のお供をした人麻呂を偲んだものでしょう。依羅娘子が詠んだと思われる歌をもう一つ。

碁檀越、伊勢の国に行く時に、留まれる妻の作る歌

神風の伊勢の浜荻折り伏せて旅寝やすらむ荒き浜辺に　（五〇〇）

この歌の前後に人麻呂の歌が並んでいます。（前に四首、後に三首）碁檀越《ごのだんおつ》は人麻呂の呼び名でしょう。さらに当麻真人麻呂《たいまのまひとまろ》の名も使っていたようです。四三番と五一四番は同じ歌です。四三番は人麻呂の七首に、五一四番は丹比真人笠麻呂の二首に続いています。

四三：当麻真人麻呂が妻の作る

五一四：伊勢の国に幸す時に当麻麻呂大夫が妻の作る

我が背子はいづく行くらむ沖つ藻の名張の山を今日か越ゆらむ

依羅娘子は夫想いの優しい女性だったようです。

〈平城京遷都〉

和銅三（七一〇）年三月、平城京に遷都します。

和銅三年二月、藤原宮より寧楽の宮に遷る時に、御輿を長屋の原に停め古郷を廻望て作らす歌、

一書には太上天皇の御製といふ

飛ぶ鳥明日香の里を置きて去なば君があたりは見えずかもあらむ　（七八）

太上天皇は持統天皇のこととされていますが、このときすでに崩御しているため違います。

或本、藤原の京より寧楽の宮に遷る時の歌

大宮の……こもりくの　泊瀬の川に……あをによし　奈良の都の……　（七九）

あをによし奈良の家には万代に我れも通はむ忘ると思ふな　（八〇）

右の歌は、作主いまだ詳らかにあらず

三首とも人麻呂作です。本心から遷都を寿ぐ歌ではないので人麻呂名を出していないのです。

〈旧都を懐かしむ〉

鴨君足人が香具山の歌（二六〇、二六一略）

天降りつく　天の香具山……沖辺には　鴨妻呼ばひ　辺つ辺に　あぢ群騒き　ももしきの　大宮人の
退り出て……（二五九）

天降りつく　神の香具山　うち靡く……辺つ辺には　あぢ群騒き　沖辺には　鴨妻呼ばひ　ももしきの
大宮人の　退り出て……（二六二）

鴨君足人《かものきみたるひと》は人麻呂の仮名で鴨を擬人化したものです。旧都を懐かしむことは新しい都への不満を吐露することになるので人麻呂の名を使っていないのでしょう。

〈美濃で活躍〉

美濃守となった笠朝臣麻呂は和銅四（七一一）年に正五位上、六年に従四位下を授けられます。七年には木曽路を開通させた功によって食封七十戸と田六町を賜っています。

元正朝前半において

〈長皇子への歌〉

　長皇子、猟路の池に遊す時に柿本朝臣人麻呂が作る歌
やすみしし　我が大君　高照らす　我が日の御子の　馬並めて　御狩り立たせる……（二四〇）
ひさかたの天行く月を網に刺し我が大君は蓋にせり（二四一）
大君は神にしませば真木の立つ荒山中に海を成すかも（二四二）

この三首は大宝二（七〇二）年以前に詠まれたものとして雑歌に入れられていますが、挽歌です。長皇子は霊亀元（七一五）年六月に薨じたので、その頃に詠まれたものでしょう。皇子の生前を装っているので人麻呂の名を使っています。


〈金村、宮廷歌人を継ぐ〉

霊亀二（七一六）年四月、憶良が伯耆守に任じられています。同年八月、志貴皇子が薨じます（万葉集では元年九月の薨去です。約一年ずれています）。金村の歌（二三〇～二三四略）。

志貴皇子への挽歌は笠朝臣金村が奉っています。人麻呂の役を継いだのです。以降、宮廷内での歌は金村と山部赤人が中心となります。

山部赤人も高橋虫麻呂という別名を持っていたと考えています。その理由は以下の通りです。
①赤人と高橋虫麻呂は時を同じくして常陸国まで出かけている
②「富士山」や「真間娘子」など同じ題材の歌がある
③虫麻呂も歌集を出すほどの歌人である
①から③だけでは二人は旅の同行者と考えられないこともないのですが、さらに、
④赤人の歌のあいだに虫麻呂の歌がある（赤人の三二〇から三二八の間の三二二、三二三、三二四が虫麻

呂の歌〉

⑤赤人の歌四三六番と虫麻呂の一八一二番が似ていて作者が同じとしか思えない

以上のことから赤人＝虫麻呂とみます。赤人が常陸国に出向いたのは養老三（七一九）年から四年にかけてのようです。虫麻呂は赤人が若いときに使った名のようです。

〈笠朝臣麻呂出家する〉

笠朝臣麻呂は霊亀二（七一六）年六月に美濃守と尾張守兼任、養老元（七一七）年十一月従四位上、養老三年七月に尾張、参河、信濃の三国管掌となります。そして養老四年十月に右大弁に任じられているので、このとき帰京したと思われます。翌養老五年五月、突然に出家します。太上天皇（元明天皇）の病気平癒を願ってのことです。同年正月、憶良は皇太子（首皇子）の侍講に任じられています。

〈三方沙弥も別名のひとつ〉

人麻呂は出家する前の和銅七（七一四）年頃から三方沙弥《みかたのさみ》を名乗っています。霊亀二（七一六）年八月、金村が志貴皇子への挽歌を奉っていますがそれより少し前、人麻呂が園臣《そののおみ》の娘と再婚したときに詠んだ三方沙弥名での歌です。

三方沙弥、園臣生羽が女を娶りて幾時も経ねば病に臥して作る歌三首

たけばぬれたかねば長き妹が髪このころ見ぬに掻き入れつらむか　三方沙弥　（一二三）

人皆は今は長しとたけと言へど君が見し髪乱れたりとも　娘子　（一二四）

橘の蔭踏む道の八衢に物をぞ思ふ妹に逢はずして　三方沙弥　（一二五）

続くと思われる歌です。

橘の本に道踏む八衢に物をぞ思ふ人に知らえず　（一〇三一）
　右の一首は故豊島采女が作といふ。ただし或本には三方沙弥、妻園臣に恋ひて作るといふ

次の歌もこの頃のものでしょう。

あしひきの山道も知らず白橿の枝もとををに雪の降れれば　（二三一九）
　右は柿本朝臣人麻呂が歌集に出づ。ただし、件の一首は或本には三方沙弥が作といふ

左注は三方沙弥＝人麻呂を示唆しています。次の歌はいつのものか定かではありませんが養老三（七一九）年、三国管掌になった頃のものとみます。

妻に与ふる歌
雪こそば春日消ゆらめ心さへ消え失せたれや言も通はぬ　（一七八六）
妻が和ふる歌
松反りしひてあれやは三栗の中上り来ぬ麻呂といふ奴　（一七八七）
　右の二首は柿本人麻呂が歌の中に出づ

歌の「麻呂」は人麻呂であり、笠朝臣麻呂です。「わたしの夫は任地に赴いたままで、任務の中間報告にさ

え帰ってきません」の意味です。歌が詠める園臣も大倭に関わりある女性でしょう。

〈万葉集はじめの六首〉

時期ははっきりしませんが笠朝臣麻呂が美濃守として大和を離れた慶雲三（七〇六）年から養老四（七二〇）年の間に万葉集の一番から六番を詠んだように思います。一番が雄略天皇、二番が舒明天皇、三、四番が間人連老、五、六番が軍王の作とされているものです。

第6章
人麻呂　出家する

元正朝後半から聖武朝において

続紀の養老七（七二三）年二月、僧満誓を筑紫に遣わし観世音寺（福岡県太宰府市）を造らせたとありま す。三三九番の題詞に「沙弥満誓、造筑紫観音寺別当、俗姓は笠朝臣麻呂なり」とあることから満誓が笠朝臣麻呂であることがわかります。

〈筑紫への旅立ち〉

人麻呂（満誓）が筑紫へ旅立つ養老七（七二三）年に妻を想って詠んだ三方沙弥名での歌です。

衣手の別くる今夜ゆ妹も我れもいたく恋ひむな逢ふよしをなみ　（五一一）

丹比真人笠麻呂名の歌が続きます。

丹比真人笠麻呂、筑紫の国に下る時に作る歌

臣の女の　櫛笥に乗れる　鏡なす……　我妹子に　恋ひつつ居れば……　（五一二）

白栲の袖解き交へて帰り来む月日を数みて行きて来ましを　（五一三）

「臣の女」は三方沙弥の妻「園臣」のことです。また、田部忌寸櫟子《たべのいみきいちいこ》も人麻呂の別名と考えます。櫟子と妻の贈答歌もこのときのものです。

田部忌寸櫟子、大宰に任けらゆる時の歌四首

衣手に取りとどこほり泣く子にもまされる我れを置きていかにせむ　舎人吉年　（四九五）

置きて去なば妹恋ひむかも敷栲の黒髪敷きて長きこの夜を　櫟子　（四九六）

我妹子を相知らしめし人をこそ恋のまされば恨めしみ思へ　（四九七）

朝日影にほへる山に照る月の飽かざる君を山越しに置きて　（四九八）

このあと人麻呂名の歌が続いています（四九九～五〇二略）。

〈旅の途次〉

次の二首は古くに詠んだよう装って黒人の近江旧都の歌の前に入れられています。

柿本朝臣人麻呂、筑紫の国に下る時に海道にして作る歌二首

名ぐはしき印南の海の沖つ波千重に隠りぬ大和島根は　（三〇六）

大君の遠の朝廷とあり通ふ島門を見れば神代し思ほゆ　（三〇七）

次も筑紫へ下るときのものと考えます。

讃岐の狭岑の島にして、石中の死人を見て柿本朝臣人麻呂が作る歌（二二一、二二二略）

玉藻よし　讃岐の国は　国からか　見れども飽かぬ　神からか　ここだ貴き……　（二二〇）

狭岑《さみね》島は香川県坂出市にあります。今は陸続きになり、名が沙弥《しやみ》島に変わっています。島の名は沙弥満誓（人麻呂）が歌を詠んだことからついたものです。

〈満誓、歌を詠む〉

ここからは筑紫に着任して以降に詠まれた満誓の名での歌です。

沙弥満誓、綿を詠む歌

しらぬひ筑紫の綿は身に付けていまだは着ねど暖けく見ゆ　（三三九）

満誓沙弥が月の歌

見えずとも誰れ恋ひずあらめ山の端にいさよふ月を外に見てしか　（三九六）

造筑紫観世音寺別当沙弥満誓が歌

鳥総立て足柄山に船木伐り木に伐り行きつあたら船木を　（三九四）

三三九番の「綿」は女性を意味していて「筑紫の女性はいいなあ」と詠んでいます。三九六番の「月」も女性の譬喩《ひゆ》で、なかなか家の中から出てこない人を垣の外からでも見たいものだと詠んでいます。三九四番の「船木」も、いいなと思っていた人を他の男に先取りされてしまった、惜しいことをしたと詠んでいるのです。出家しているにもかかわらず女性にばかり目を向けていたようにみえますが、遠く離れた妻を想っての歌もあります。

沙弥が霍公鳥の歌

あしひきの山ほととぎす汝が鳴けば家なる妹し常に偲はゆ　（一四七三）

そうこうしているうち神亀三（七二六）年頃、憶良が筑前守として着任してきます。さらに神亀四（七二七）年頃、大伴旅人が大宰帥として着任し、筑紫で歌が盛んに詠まれることになるのです。

〈満誓の無常観〉

旅人の「酒を讃むる十三首」に続く満誓の歌です。天平元（七二九）年に詠まれたものとみます。

世間を何に譬へむ朝開き漕ぎ去にし船の跡なきごとし　（三五四）

この歌は人麻呂名の二六六番に相通じるものがあります。

もののふの八十宇治川の網代木にいさよふ波のゆくへ知らずも　（二六六）

〈膳部王を悼む歌〉

天平元年二月の長屋王の変を受けて詠まれたものです。作者不詳とされています。

膳部王を悲傷しぶる歌

世間は空しきものとあらむとぞこの照る月は満ち欠けしける　（四四五）

前の二首と同じように、人生のはかなさを詠んでいること、「世間」で始まっていることから、この歌も人麻呂作と考えます。父親の長屋王《ながや》とともに罪人として死んだ膳部王《かしわで》を悼む歌を詠むような人は人麻呂だけです。弓削皇子や忍壁皇子を偲ぶ歌を詠んだことと同じ気構えが感じられます。三五四番も膳部王を悼む歌のようです。

〈満誓と旅人〉

天平二（七三〇）年正月、「梅花の宴」での満誓の歌です。

我が園に梅の花散るひさかたの天より雪の流れ来るかも　（八二六）

その年の十二月、旅人は大納言として帰京します。

大宰帥大伴卿が京に上りし後に沙弥満誓、卿に贈る歌二首（五七五、五七六略）

人麻呂（満誓）が筑紫に赴いたあと、行幸のお供は息子の金村が引き継ぎました。

〈金村と赤人〉

養老七（七二三）年五月、吉野行幸の時の歌（九一三、九一五、九一七略）

滝の上の　三船の山に　瑞枝さし　繁に生ひたる　栂の木の　いや継ぎ継ぎに……（九一二）

山高み白木綿花に落ちたぎつ滝の河内は見れど飽かぬかも（九一四）

み吉野の秋津の川の万代に絶ゆることなくまたかへり見む（九一六）

長歌の初句は人麻呂と違っていますが、対句を用いているところは同じです。「見れど飽かぬも」「またかへり見む」などは人麻呂もよく使う語句です。あとに車持朝臣千年の歌（略）が続きます。千年は元正・聖武朝の宮廷歌人としかわかっていません。私は金村の別名と考えています。金村も父親と同じようにいろいろな名を使って歌を詠んだのです。

「神亀元（七二四）年十月、紀伊国行幸の時、金村の歌三首」（五四六～五四八略）

このとき赤人もお供をして歌を詠んでいます（九一七～九一九略）。

「神亀二（七二五）年五月、吉野行幸の時、金村の歌三首」（九二〇～九二二略）

このときも赤人がいっしょです（九二三～九二七略）。

「同年十月、難波宮に行幸した時の金村の歌」（九三三〜九三五略）
「次に千年の歌」（九三六、九三七略）
「続いて赤人の歌」（九三八、九三九略）
「神亀三（七二六）年一〇月、播磨国印南野に行幸の時、金村の歌三首」（九四〇〜九四二略）
「続いて赤人の歌」（九四三〜九五二略）
「神亀五（七二八）年、難波宮行幸の時の歌（続紀に行幸の記録なし［九五五〜九五八略］）、右は、笠朝臣金村が歌の中に出づ。或いは車持朝臣千年が作といふ」

左注は金村＝千年であることを示唆しています。金村と赤人はいっしょにお供をして歌を詠んでいます。人麻呂と憶良に似ています。金村が人麻呂の子であることは前述しましたが、赤人を憶良の子とみます。

大伴氏と歌

大伴旅人は大納言・従二位にまでなった人で、大宰帥のとき「梅花の宴」を開いたことが知られています。生年は天智四（六六五）年で人麻呂や憶良より少し年下です。この世代で歌が詠める人は大和王朝内に多くなかったはずです。旅人はどのようにして歌を学んだのでしょうか。思うに大伴氏には歌人がたくさんいます。旅人の父親の安麻呂《やすまろ》も弟の田主《たぬし》や宿奈麻呂《すくなまろ》も歌を残しています。妹の坂上郎女は女流歌人のなかで一番多くの歌を残しています。大伴氏に歌人が多くいることから、いままで私が言ってきた「大和に歌人はいなかった」を否定するようでもあります。どういうことでしょうか。

大伴氏は六世紀前半、全盛を極めました。大伴連金村が継体天皇の擁立者であったため一時は物部氏をも凌ぐ勢いでした。ところが欽明天皇が即位すると天皇の後ろ盾が蘇我氏に代わり、物部氏は尾輿《おこし》が大連になって天皇の周りを固めます。大伴氏が付け入る隙がありません。金村も一旦は大連になりますが欽明元（五四〇）年九月、失脚してしまいます。それから百年余、大伴氏雌伏のときが続きます。大化五（六四九）年、孝徳天皇のとき大伴長徳連馬飼《おおとものながとこのむらじうまかい》が右大臣になりますが、斉明・天智天皇の時代には再び雌伏の時を過ごすことになります。そして壬申の乱です。このとき大伴連智徳、馬来田《まくた》、吹負《ふけい》らが活躍します。天武天皇即位後は大伴連御行《みゆき》や安麻呂《やすまろ》が高位に就いています。このようにみてくると、大和にありながら大伴氏は大海人皇子との関係を強めることによって復活したとわかります。ですから丹比氏など大倭出身の人々と早くから交流する機会が多かったと考えます。安麻呂が家の習い事に歌を取り入れ、旅人や坂上郎女に勉強させたものと想像します。

満誓と観世音寺

観世音寺の創建

満誓が観世音寺の造営者に選ばれたのは、どういう理由からでしょうか。かつて木曽路を拓くなどの実績がある有能な官吏であり、しかも出家していることから寺の造営に打って付けの人物のようです。でも、なぜかひっかかるのです。その理由は次のとおりです。

- ●出家は元明天皇の病気平癒を祈るためで、観世音寺の完成を祈願したわけではない
- ●観世音寺の造営はかなり前から始まっていたようだが、満誓が着任したあとも完成せず、満誓が筑紫まで出向いた意味がない

●ならば造営責任者に筑紫在住の官吏を当ててもよかったように思われる以上のような疑問があるにもかかわらず満誓が選ばれたのです。その理由を探ってみたいと思います。まず、観世音寺のことを知っておきましょう。観世音寺は謎の多い寺です。

●誰が発願し、いつ造営が始まったかはっきりしない。続紀に和銅二（七〇九）年二月、元明天皇の詔に「筑紫の観世音寺は天智天皇が斉明天皇のために誓願《せいがん》したものである。その後、年を経たが今に至るまで造営が終わっていない。大宰府が計って速やかに造営を遂げよ」とあって一見、天智天皇の発願で造営が始まったかのようです。ところが書紀にこのことが出ていません。どうも詔はウソくさいのです。「速やかに造営を遂げよ」といいながら十四年後に満誓が遣わされているくらいです。

●仮に天智天皇が発願して天智七（六六八）年（天智即位年）に造営が始まったとします。観世音寺の完成供養が行われたのは天平十八（七四六）年ですから七十八年もの歳月を要したことになります。天智天皇が望んだのであれば、このようにだらだらと引き延ばされることは考えられません。たとえ天武天皇の時代に中断されることがあったとしても元明天皇の詔のあとすぐに完成したはずです。そうならなかったのは本気でなかったということです。ウラを返せば発願したのは天武天皇であることがみえてきます。元明天皇の詔は「天武天皇と観世音寺の関わりを隠すことが決まったとき」に発せられたのです。

観世音寺の伽藍配置

観世音寺の伽藍《がらん》配置は奈良県明日香村の川原《かわら》寺のものと似ています。川原寺式伽藍配置と呼ばれるものです。川原寺も天智天皇が斉明天皇のために発願したとする説が有力です。斉明天皇の川原宮跡に建てたと考えられているからです。しかし、川原寺は斉明・天智天皇とは縁がないように思います。書紀から川原寺に関する記事を抜き出しました。

①白雉四（六五三）年六月（孝徳）天皇は法師（旻《みん》法）のために仏像を造らせて川原寺に安置した
②天武二（六七三）年三月、書生を集めて川原寺で一切経の書写を始めた
③天武十四年（六八五）八月、川原寺においでになり僧たちに稲を贈った
④同年九月（天皇が病臥したので）大官大寺、川原寺、飛鳥寺で三日間誦経した
⑤朱鳥元（六八六）年四月、新羅の客人を饗応するために川原寺の伎楽《ぎがく》を筑紫に運んだ
⑥同年五月、天皇の病あつく、川原寺で薬師経を説かせた
⑦同年六月、百官の人々を川原寺に遣わして燃燈供養を行った
⑧同年七月、幣帛《へいはく》を紀伊国の国懸神《くにかかす》、飛鳥の四社、住吉大神に奉った（川原寺は飛鳥四社のひとつ）
⑨同年九月、親王以下諸臣にいたるまで川原寺に集い天皇の病気平癒を誓願した
⑩同年十二月、天武天皇のために無遮大会《むしやだいえ》を大官、飛鳥、川原、豊浦、坂田の寺で催した

前記のとおり川原寺は斉明・天智天皇と関わりがありません。どうみても天武天皇との関わりが深いとしかみえません。①から②の間が二十年間ほどあって、この間に新しい伽藍配置が採用され造営が始まったのではないでしょうか。新しい様式を推奨したのは天武天皇と親しく、かつ唐の最新の寺院建築を知っている人であったでしょう。思い当たる人物は一人です。唐に渡り、斉明七（六六一）年帰国した丹比氏の道照です。私は川原寺だけでなく観世音寺も道照の設計によると考えます。さらに天武九（六八〇）年、皇后（持統天皇）が発病したとき、天武天皇が誓願し建立した薬師寺も道照の設計でしょう。

川原寺は斉明天皇の川原宮跡に建てられたことから斉明天皇と関わりがあるではないか、という人がいるかもしれません。関連記事で確認します。

①白雉四（六五三）年、皇太子（中大兄皇子）は皇祖母尊（斉明天皇）と間人皇后とを奉じ、皇弟たちを

従え、難波をたって倭飛鳥河辺行宮に入った

②斉明元（六五五）年正月、飛鳥板蓋宮《いたぶき》で即位した。この冬、板蓋宮に火災があったので飛鳥川原宮に移った。三年、後飛鳥岡本宮に移った

①の河辺宮は孝徳天皇のときであり、斉明天皇の宮ではありません。かといって孝徳天皇の宮でもなさそうです。中大兄皇子は孝徳天皇から離れようとしたのですから、天皇の力が及ぶ所に移るわけがありません。②の飛鳥川原宮は火災のためにやむを得ず移った仮宮です。その証拠にすぐに岡本宮に移っています。このような河原宮跡ですから天智天皇が斉明天皇のために寺を造営したとは考えられないのです。造るとすれば板蓋宮跡か岡本宮跡でしょう。皇極天皇の御代とされている時代は本当は蘇我入鹿が天皇で（拙著『探証日本書紀の謎』参照）、入鹿天皇の宮が川原宮だと考えます。

また、観世音寺の鐘は現存する日本最古の鐘で、鋳型を同じくする京都妙心寺の鐘と兄弟鐘とされています。妙心寺の鐘には「戊戌年四月十三日　糟屋評造春米連広国鋳鐘」の銘があります。戊戌《つちのえいぬ》は文武二（六九八）年とみられています。春米連《つきしね》は天武十三（六八四）年十二月に宿禰の姓を賜っています。

兄弟鐘よりも前に作られた鐘があったようです。書紀に天武十一（六八二）年四月「筑紫大宰丹比真人嶋らが大きな鐘を奉った」とあるのです。どの寺に納めたか記されていませんが、川原寺の造営時期に合っています。「丹比真人嶋ら」の「ら」には春米連広国が連なっていて、川原寺に鐘を納めた功で宿禰の姓を得たのではないでしょうか。三つの鐘からの推測です。

●天武天皇と北部九州は関係が深く、腹心の丹比真人嶋を筑紫大宰に任じた

●丹比真人嶋は観世音寺とも河原寺とも関わりがあった

斉明天皇と朝倉宮

観世音寺は斉明天皇のために建てられたものではないこと、斉明天皇は大宰府とは縁がないことを確認します。一般に「斉明天皇は那の津（博多湾）から朝倉宮に入った」と考えられています。であれば、途中で大宰府に寄ることもあり得るので、天智天皇が斉明天皇のために寺を造っても不思議はないとされています。しかし大宰府に寄ったことが事実であれば書紀に記されていなければなりません。大宰府において斉明天皇に何か重要なできごとがあったはずです。でなければ大和から遠く離れた大宰府にわざわざ寺を建てることになりません。通過しただけの場所に寺を造るとなれば、斉明天皇の征西行程にある難波から朝倉まで各地に建てなければならないことになります。斉明天皇征西の行程です。カッコ内の地名は定説によるものです。

①斉明六（六六〇）年十二月二十四日　難波宮へ
②斉明七（六六一）年正月　六日　海路で征西へ
③　十四日　伊予の熟田津の石湯行宮《いわゆのかりみや》（愛媛県松山市道後温泉）に着く
④　三月　二十五日　海路で帰り娜大津《なのおおつ》（博多港）に着く、磐瀬《いわせ》行宮（福岡市）に入る
　天皇は、その名（娜大津）を長津と改める
⑤　五月　九日　朝倉橘広庭宮《あさくらのたちばなのひろにわのみや》（福岡県朝倉市）に移る
⑥　七月　二十四日　崩御
⑦　八月　亡骸が磐瀬宮に帰着
⑧　十月　七日　亡骸が帰途につく
⑨　二十三日　難波に帰着

この行程には「あれっ？」と思うところが二カ所あります。一つは④の「帰り」です。娜大津（博多港）

には初めて着いたのですから「帰り」はおかしいのです。二つ目は⑤の朝倉宮の場所です。本文は朝倉市と明言していませんが、そのように匂わせています。しかし、斉明天皇が病臥したからといって福岡市から朝倉市に入り込むはずがありません。朝倉市と無縁ですし、地理的にも考え難い場所です。

私は、朝倉橘広庭宮は愛媛県今治市《いまばり》にあったと考えています。今治市には朝倉地名が現存します。であれば③から⑤の行程は次のようになります。

③　十四日　伊予の熟田津の石湯行宮（道後温泉）に着く

④三月二十五日　海路で帰り娜大津（今治市波方町波止浜《はしはま》）に着き、磐瀬行宮（波方町）に入る

天皇は、その名を長津と改めた（波止浜は自然地形の細長い入江）

⑤五月九日　朝倉橘広庭宮（今治市朝倉）に移る

おかしいところはなくなります。娜大津は熟田津に向かうときにも寄ったと考えられるので、④の「帰り」もそのとおりです。斉明天皇は道後温泉で病が重くなり大和に帰ろうとしますが、娜大津で船旅ができなくなったのです。やむを得ず船を下りて波方町を仮宮とし、次に朝倉を宮としたのです。このことを書紀が隠そうとした理由はわからないではありません。道後温泉から引き返したのでは、まるで湯治に出かけたようで征西にはみえませんから。額田王の八番「熟田津に」は新羅に向かったのではなく、大急ぎで大和に帰ろうとする歌だったのです。書紀に斉明天皇崩御のとき「朝倉山の上に鬼有りて大笠を着て喪の儀を臨み視る」とあります。朝倉山は今治市朝倉の笠松山のことです。

満誓は丹比氏の一員だったので観世音寺の造営者に選ばれたのでした。天武天皇が発願し、道照が設計、丹比真人嶋が筑紫大宰のときに造営が始まったのですから、満誓こそ適役だったのです。

第7章

人麻呂　新羅へ行く

天平時代において

〈人麻呂　大倭に帰る〉

満誓が別当の任を解かれたのがいつかわかりませんが、役を終えた満誓（人麻呂）はこの世の見納めと、ふるさと大倭に足を向けます。

天平五（七三三）年、草香山を越ゆる時に神社忌寸老麻呂が作る歌二首

難波潟潮干のなごりよく見てむ家にある妹が待ち問はむため　（九八一）

直越のこの道にしておしてるや難波の海と名付けけらしも　（九八二）

草香山の歌

おしてる　難波を過ぎて　うち靡く　草香の山を　夕暮れに　我が越え来れば　山も狭に　咲ける馬酔

木の　悪しからぬ　君をいつしか　行きて早見む　（一四三二）
右の一首は作者の微しきによりて名字を顕さず

草香山《くさか》は生駒山の西部で、直越《ただこえ》は難波と大和を直線的に結ぶ道とされています。私は歌の難波を別府湾とみています。であれば草香山は鶴見岳の北側もしくは南側の山で、直越は湯布院と別府を結ぶ最短ルートということです。

神社忌寸老麻呂《かみこそのいみきおゆまろ》は伝未詳とされていますが、名の付け方が長忌寸意吉麻呂と似ていることから人麻呂の別名と考えられます。「神社」は大倭に残っていた尾張氏支族の女王の名です。翌天平六年正月、無位の神社女王に従四位下が授けられます。帰京した人麻呂が女王の様子を聖武天皇に伝えたことで授位の運びとなったのです。

一四三二番左注に「作者の微しきによりて名字を顕さず」とありますが、九八一、九八二番と作者が同じであることは明白です。「うち靡く」は人麻呂がよく使っています。「君」は神社女王を指しています。次の歌は古集にあって作者不詳とされていますが、大倭に向かう人麻呂が湯布院で詠んだものでしょう。

娘子らが放りの髪を由布の山雲なたなびき家のあたり見む　（一二四八）

〈新田部皇子への歌〉
雑歌に入れられている二首です（二六四略）。

柿本朝臣人麻呂、新田部皇子に献る歌

やすみしし　我が大君　高照らす　日の御子　敷きいます　大殿の上に　ひさかたの　天伝ひ来る　雪じもの　行き通ひつつ　いや常世まで　（二六一）

この二首も挽歌です。新田部《にいたべ》皇子は天平七（七三五）年九月に薨じます。このとき人麻呂は死んだことになっていたので、詠んだ時をごまかして雑歌に入れたのです。人麻呂は何人もの皇子に歌を捧げていますが、そのなかでこの二首だけはちょっと気が入っていないように思います。同じく雑歌に入れられた長皇子への二四〇、二四一番と比べても、もの足りない印象を受けます。老齢による気力の衰えがあったのでしょうか。

〈人麻呂　新羅へ行く〉

天平八（七三六）年、新羅に使人が遣わされます。このときの使人の歌が巻十五に集められています。そのなかに「所によりて誦詠する古歌（旅愁を慰めるために誦された）」として「人麻呂の歌」「人麻呂の歌の語句を少し替えた歌」がたくさん出てきます。旅愁を慰めるためとはいえ、人麻呂関連の歌ばかりたくさん並んだのはどういうことでしょう。たとえ使人たちが人麻呂の歌を誦詠したことが事実としても、その歌を巻十五に並べる意味がわかりません。人麻呂の歌として巻を別にして挙げるべきでしょう。なのに巻十五には人麻呂の歌がたくさんあるのです。これは人麻呂がその場にいて歌を詠んだことを意味しているのではないでしょうか。人麻呂が白雉五（六五四）年生まれであればこのとき八十三歳となり、ちょっと考えにくいのですが、巻十五から「新羅に遣わされた人麻呂」が強く感じられるのです。羇旅の歌として知られている二五〇から二五八番も歌の状況が似ているため、この航海で詠まれたように思います。それによく見ると使人たちが誦詠したとする歌群のあとに一首だけ人麻呂の歌があるではありませんか。三六三三番（略）の左注に「右は柿本朝臣人麻呂が歌」とはっきり記されています。やはり人麻呂は乗船していたのです。

〈遣新羅使としての名は丹比大夫（新羅途上①）〉

三六四七、三六四八番（略）は広島県呉市沖を通過したあたりで詠まれた歌です。題詞は「古挽歌一首併せて短歌」で、左注は「右は丹比大夫、亡き妻を悽愴しぶる歌」です。丹比太夫は伝未詳ですが、老成した丹比真人笠麻呂と考えます。笠麻呂＝人麻呂は前述しました。亡き妻は園臣です。美濃守になって都を離れたときも依羅娘子の死がありました。新羅への渡航を決意したのも園臣の死があったからでしょう。新田部皇子への歌がおざなりになっていたのは園臣の死が重なったからでしょう。

〈人麻呂遭難する（新羅途上②）〉

一行は熊毛の浦（山口県熊毛郡）で遭難し、豊前に流れ着いたと三六六六番の題詞にあります。

佐婆の海中にしてたちまちに逆風に遭ひ、漲ぎらふ浪に漂流す。経宿の後に幸くして順風を得、豊前の国の下毛の郡の分間の浦に到着す

次の歌を漂着したときのものとみます。（一七一五略）

我妹子が赤裳ひづちて植ゑし田を刈りて収めむ倉無の浜　（一七一四）
右の二首は、或いは柿本朝臣人麻呂が作といふ

分間《わま》は現在の大分県中津市和間です。和間に近い山国川河口右岸に闇無浜《くらなしはま》神社があります。

〈雪連宅満への歌（新羅途上③）〉

やっと壱岐に着いたところで雪連宅満《ゆきのむらじやかまろ》が病死します。

壱岐の島に至りて雪連宅満のたちまちに鬼病に遇ひて死去にし時に作る歌

三七一〇～三七一二（略）右の三首は挽歌

三七一三～三七一五（略）右の三首は葛井連子老が作る挽歌

六首ともに人麻呂作とみます。雪連宅満は伝未詳ですが、葛井《ふじい》連に属する人だったので人麻呂が葛井連子《こ》老《おゆ》の名を使って詠んだのでしょう。

二通りの歌

先ほど触れましたが、巻十五には人麻呂の歌の語句を少し替えたものがたくさん出てきます。

玉藻刈る処女を過ぎて夏草の野島が崎に廬りす我れは　（三六二八）

柿本朝臣人麻呂が歌には「敏馬を過ぎて」といふ、また「船近づきぬ」といふ

白栲の藤江の浦に漁する海人とや見らむ旅行く我れを　（三六二九）
　柿本朝臣人麻呂が歌には「荒栲の」といふ、また「鱸釣る海人とか見らむ」といふ
天離る鄙の長道を恋ひ来れば明石の門より家のあたり見ゆ　（三六三〇）
　柿本朝臣人麻呂が歌には「大和島見ゆ」といふ
武庫の海の庭よくあらし漁する海人の釣舟波の上ゆ見ゆ　（三六三一）
　柿本朝臣人麻呂が歌には「笥飯の海の」また「刈り薦の乱れて出づ見ゆ海人の釣舟」といふ
安胡の浦に舟乗りすらむ娘子らが赤裳の裾に潮満つらむか　（三六三二）
　柿本朝臣人麻呂が歌には「嗚呼見の浦」といふ、また「玉裳の裾に」といふ

三六二八から三六三二番は遣新羅使の面々が船上で古歌を誦詠したとき、人麻呂の歌を目前の景色に合うように変えて詠んだとされています。果たしてそうでしょうか。私は人麻呂自身が二通りの歌を詠んだと考えます。人麻呂は推敲の段階でできた少しだけ違う歌を捨ててしまわずに残したのです。三六三一番は二五八番とも似ていますから三通りの歌を残すこともあったのです。

武庫の海船底ならし漁りする海人の釣舟波の上ゆ見ゆ　（二五八）

人麻呂作の似た歌はほかにもあります。番号のみ挙げます。探せばまだあるでしょう。

一三一と一三八、一三三と一三四と一三九、二三五と二三六、二五九と二六二、四三一と一四一一、一〇七五と一〇八八、二四一二と二八一九、二四七〇と三〇七七、二五〇六と二六四二。

金村の話

越中万葉の宴

〈金村　越へ行く〉

金村のその後です。金村は神亀五（七二八）年の難波宮行幸のあと、越の国に派遣されます。

笠朝臣金村、塩津山にして作る歌二首（三六七、三六八略）

角鹿の津にして船に乗る時に、笠朝臣金村が作る歌

越の海の　角鹿の浜ゆ　大船に……海人娘子　塩焼く煙　草枕　旅にしあれば……（三六九）

石上大夫の歌が続きます。

大船に真楫しじ貫き大君の命畏み磯廻するかも（三七一）

石上大夫は越前守に任じられた物部氏の石上朝臣乙麻呂です。金村は乙麻呂に従って越に向かったのです。

和ふる歌

物部の臣の壮士は大君の任けのまにまに聞くといふものぞ　（三七二）

右は作者いまだ審らかにあらず。ただし笠朝臣金村が歌の中に出づ

これは金村の歌でしょう。次も越への道中で詠まれたものでしょう。

笠朝臣金村、伊香山にして作る歌二首（一五三六、一五三七略）

〈金村、福麻呂を名乗る〉

金村は天平五（七三三）年三月、入唐使に贈る歌を詠んでいるので、このときには帰京していたでしょう（一四五七〜一四五九略）。金村の歌は入唐使へのもので終わりです。このあと万葉最後の宮廷歌人、田辺福麻呂が登場します。しかし福麻呂は名を変えた金村で、金村の宮廷歌人としての活躍はこの後も続いたと考えます。そのように考える理由は以下の通りです。

●福麻呂は人麻呂がよく使った語句とほぼ同じものを使っている

例①　人麻呂：やすみしし我が大君高照らす、やすみしし我が大君のきこしめす
　　　福麻呂：やすみしし我が大君の高敷かす、やすみしし我が大君のあり通ふ

例②　人麻呂：ももしきの大宮人は舟並めて、大宮人の玉藻刈るらむ
　　　福麻呂：ももしきの大宮人に語り継ぎてむ、大宮人の踏み平し

●前に金村と車持千年を同一人物とみたが、福麻呂も加えて三者ともに歌が似ている。対句を使っているところも同じ。「難波の海」の歌も三者に共通している

●金村と福麻呂の使う語句が似ている

金村	福麻呂
味経の原に（九二二）	味経の宮は（一〇六六）
もののふの八十伴の男と（五四六） もののふの八十伴の男は（九二二）	もののふの八十伴の男の（一〇五一）
見れど飽かぬかも（九一四、九一五）	見れども飽かず（一〇六九、四〇七〇） 見れど飽かぬかも（一〇六六） 見れど飽かずけり（四〇七三）
大宮ところ（九二六）	大宮ところ（一〇五四、一〇五五、一〇五六、一〇五七、一〇五八、一〇五九）

ほかにも「さを鹿、万代、三香の原、山高み、鯨魚取り、海人娘女」などが共通。

田辺の名はどこから取ってきたのでしょう。書紀の雄略九年にこのような話があります。「飛鳥の人、田辺史伯孫《たなべふひとはくそん》は娘がお産したと聞いて古市の婿の家まで祝いに出かけた。月夜の帰途、誉田陵《こんだ》（応神天皇陵）のもとで赤馬に乗った人に出会った。その赤馬は駆けること龍の如くで、伯孫は馬を交換してもらって家に帰った。翌朝、赤馬は埴輪《はにわ》に変わっていた。誉田陵に行ってみると自分の馬が埴輪の列に並んでいたので取り換えて帰った」というものです。金村はこの話が慶事であると考えて、孫が生まれたときに田辺福麻呂を名乗ることにしたのではないでしょうか。あ、いや私の早とちりです。金村の前に人麻呂が田部の名を使っていたことを思い出しました。

養老七（七二三）年、満誓が筑紫に出発するときに詠んだ歌の作者名が田部忌寸櫟子でした。（四九六〜四九八番）。「田部」「櫟子」が赤馬の話に関わるものであることは間違いありません。赤馬の話のなかで誉田陵は「いちびこの丘」にあるとされているのですから。まず人麻呂が田部忌寸櫟子の名を使い、金村も孫が生まれたときに人麻呂に倣って田辺福麻呂を名乗ったのです。書紀が完成して間もない時期に赤馬の話を知っていたことから人麻呂が書紀の編纂に関わっていたことがわかります。

さて、田辺福麻呂で当初に挙げた宮廷歌人が出そろいました。十人の歌人をみて万葉集への疑問の三つ目「宮廷歌人は正体が不明で正史に出てこないのはなぜか」の答えが出たようです。十人のうち柿本人麻呂と長忌寸意吉麻呂、笠朝臣金村と車持千年と田辺福麻呂、山部赤人と高橋虫麻呂は同一人物ですから実質の宮廷歌人は額田王、高市黒人、山上憶良、柿本人麻呂、笠朝臣金村、山部赤人の六人です。はじめの四人は大倭出身で、あとの二人は大倭出身者の子であったので正体不明にされたのです。

〈福麻呂、越中へ行く〉

天平二十（七四八）年三月二十三日、左大臣橘諸兄の使者、造酒司令史《さけのつかさのさかん》田辺史福麻呂を越中守大伴宿禰家持が饗応します。「ここに新しき歌を作り、古き詠を誦った」とあり、翌日も宴をもっています。家持二首、福麻呂十首の歌が並んでいます（四〇五六〜四〇六七略）。

翌二十五日、掾《じょう》久米朝臣広縄《くめのあそんひろつな》の館で饗宴となり、三人で歌を詠んでいます（四〇六八〜四〇七九略）。久米朝臣広縄も未詳の人です。宴のあとに続く歌から、山上憶良の子にして山部赤人のことと考えます。その歌に奇妙な注がつけられています。

射水の郡の駅の館の屋の柱に題著す歌

朝開き入江漕ぐなる楫の音のつばらつばらに我家し思ほゆ　（四〇八九）

右の一首は山上臣作る。名を審らかにせず。或いは憶良太夫が男といふ。ただしその正しき名いまだ詳らかにあらず

憶良の子が射水《いみず》に行った記録はありません。しかし射水の役所の柱（掛け軸？）に、名はわからないが憶良の子が詠んだ歌が掲げられていたというのです。この頃、越中にいて万葉集に歌を残した歌人は家持、福麻呂、広縄の三人です。家持は旅人の子で福麻呂は人麻呂の子ですから、残る広縄が憶良の子にあたると考えました。広縄は家持や福麻呂と歌を交わすことができるほどの歌人ですから赤人であることが濃厚です。久米朝臣広縄の名から久米禅師を名乗ったこともあったのです。父親の憶良からして久米氏だったのでしょう。それゆえに若き憶良が久米氏との関係が窺われます。書紀の顕宗元（五一〇）年に「来目部小楯《くめべのおたて》が姓を山部連氏と賜った」とあります。このときから久米氏のなかに山部を名乗る人が出てきたのかもしれません。来目歌と呼ばれる古歌が記紀に出てきます。久米氏に伝わる歌を憶良が書き込んだのでしょう。旅人と憶良と満誓（人麻呂）は筑紫で「梅花の宴」に同席しました。同じように三人の子、家持と広縄（赤人）と福麻呂（金村）は「越中万葉の宴」を催したのです。ほととぎすが多く詠まれていますので「ほととぎすの宴」とでも呼びましょうか。

金村の別名

和銅四（七一一）年、河辺宮人、姫島の松原の美人の屍を見て作る歌四首（四三九、四四〇略）

風早の美穂の浦廻の白つつじ見れども寂しなき人思へば　（四三七）
みつみつし久米の若子がい触れけむ磯の草根の枯れまく惜しも　（四三八）

河辺宮人《かわべのみやひと》は伝未詳です。久米の若子は「威勢の良い若者の意」とされています。私は河辺宮人を若き日の金村、久米の若子を若き日の赤人と考えました。歌は「赤人が愛した美穂の浦の娘が死んでしまった」ことを詠んだのです。次のような歌もあります。

博通法師、紀伊の国に行き三穂の石室を見て作る歌
はだ薄　久米の若子がいましける三穂の石室は見れど飽かぬかも　（三一〇）
常盤なす石室は今もありけれど住みける人ぞ常なかりける　（三一一）
石室戸に立てる松の木汝を見れば昔の人を相見るごとし　（三一二）

博通法師《はくつうほうし》も伝未詳ですが、宮人の歌を意識していることは明らかです。博通法師を年老いた河辺宮人（金村）と考えます。

意味不明の注がつけられた歌がほかにもあります。

大殿の　この廻りの　雪な踏みそね　しばしばも　降らぬ雪ぞ　山のみに　降りし雪ぞゆめ寄るな　人や　な踏みそね　雪は　（四二五一）
ありつつも見したまはむぞ大殿のこの廻りの雪な踏みそね　（四二五二）
右の二首の歌は三方沙弥、贈左大臣藤原北卿が語を承けて作り誦む。これを聞きて伝ふるは笠

朝臣子君。また後に伝へ読むひとは、越中の国の掾久米朝臣広縄ぞ

歌を三方沙弥が作り、笠朝臣の子が伝え、さらにいま伝えているのが広縄だというのです。普通の解釈では三人の関係も、どういう経緯で歌を伝えることになったのかもわかりません。どう読めばよいでしょう。「三方沙弥（笠朝臣麻呂・人麻呂）が作った歌を、笠朝臣の子（笠朝臣金村・田辺福麻呂）が伝え、さらに伝え読んでいるのが広縄（赤人）である」としたらどうでしょう。広縄が伝える歌を家持が聞いて万葉集に残したことになります。

数首前の四二四八番（略）は河辺朝臣《かわべのあそん》東人《あづまひと》が家持に伝誦した光明皇后の歌です。東人がいつ越中に赴いたのか謎とされています。東人＝金村であれば謎は解消されます。金村が河辺朝臣東人の名を使ったのです。若いときは河辺宮人でした。東人は人麻呂別名の置始東人と同じです。九八三番左注に「憶良が沈痾《ちんあ》の時に藤原朝臣八束《やつか》、河辺朝臣東人を使はして疾める状を問はしむ」とあります。天平五（七三三）年のことで、人麻呂（満誓）が筑紫から帰京する前ですから、人麻呂の代わりに金村が憶良を見舞ったのです。

金村は若宮年魚麻呂《わかみやのあゆまろ》の名も使っています（三九〇から三九二番と一四三三、一四三四番略）。これらの歌は赤人の歌と前後しています。

そして、金村の子は置始長谷《はつせ》を名乗っています。長谷も伝未詳ですが、天平十一（七三九）年十一月、光明皇后の催す法会の歌子として河辺朝臣東人と席を連ねています（一五九八番左注）。親子で歌子を務めたのです。また、家持の宴席での歌もあります（四三二六）。

金村の役職名

金村は田辺福麻呂を名乗った頃、さらにもう一つ内蔵忌寸《くらのいみき》（伊美吉）縄麻呂《つなまろ》の名も使ったようです。縄麻

呂が職務上の名であったかもしれません。天平十七（七四五）年頃、大蔵少丞《おおくらのしょうじょう》で正六位上、天平十九年頃、越中介、天平勝宝五（七五三）年、造東大寺司判官《ぞうとうだいじしじょう》などの記録があるとされています。縄麻呂名で家持と交わした歌もあります（四〇二〇、四一一一，四二二四、四二五七略）。

「山柿《さんし》の門」という言葉を聞いたことがあるでしょうか。家持の歌、三九九一番の題詞に出てくるもので「山柿」は山部赤人と柿本人麻呂を指すと考えられています。しかし赤人と人麻呂は一世代ずれていますので並べるにふさわしくないような気がします。「山」は憶良と赤人、「柿」は人麻呂と金村の親子を指していると考えたらどうでしょうか。

人麻呂の娘

笠女郎は歌がうまかった

次は人麻呂の娘です。「えっ、人麻呂に娘がいたの?」と驚く人が多いでしょう。長忌寸意吉麻呂が人麻呂の別名であることは前述しました。巻八に「意吉麻呂の娘」の歌があることから人麻呂には娘がいたのです。

めづらしと我が思ふ君は秋山の初黄葉に似てこそありけれ　（一五八八）
右の一首は長忌寸が娘

「長忌寸が娘」を笠女郎《かさのいらつめ》と考えます。笠女郎は家持と歌を贈答していますが、その正体は不明とされています。「笠」から笠朝臣と関わりがあることは想像できます。三方沙弥（人麻呂）が園臣の女と結婚したのは霊亀二（七一六）年八月の少し前とみました。笠女郎が人麻呂と園臣の娘であれば七一八年前後の生まれが考えられます。家持も七一八年生まれですので、二人はほぼ同年代です。一五八八番は天平十（七三八）年八月二十日に宴席で詠まれたことがわかっています。笠女郎は二十歳前後です。

笠女郎は家持と恋愛関係にありましたが家持はしだいに遠ざかります。このとき大伴坂上大嬢との縁談が進められていたからとされていますが、そうではありません。笠女郎は歌がうますぎたために敬遠されたのです。笠女郎の歌からそのように思います。人生の経験を積んで、歌にも自身を持った越中時代以降の家持であったなら笠女郎を避けることはなかったでしょう。ですが若い家持は自分より歌がうまい女性を苦手に思ったのです。笠女郎名の歌二十九首はすべて家持に贈ったものです（三九八〜四〇〇、五九〇〜六一三、一四五五、一六二〇）。いくつか並べてみましょう。

託馬野に生ふる紫草衣に染めいまだ着ずして色に出でにけり　（三九八）
我が形見見つつ偲はせあらたまの年の緒長く我れも思はむ　（五九〇）
恋にもぞ人は死にする水無瀬川下ゆ我れ痩す月に日に異に　（六〇一）
夕されば物思ひまさる見し人の言とふ姿面影にして　（六〇五）
朝ごとに我が見るやどのなでしこの花にも君はありこせぬかも　（一六二〇）

前に間人宿禰大浦を人麻呂の別名としました。大浦名での歌です。

倉橋の山を高みか夜隠りに出で来る月の光り乏しき　（二九三）

この歌とほぼ同じ歌を沙弥女王が詠んでいます。この女性も伝未詳です。

倉橋の山を高みか夜隠りに出で来る月の片待ちかたき　（一七六七）

右の一首は、間人宿禰大浦が歌の中にすでに見えたり。ただし末の一句相換れり

沙弥女王は三方沙弥の娘の意味です。沙弥女王は大浦名で詠んだ父親の歌をもじったのです。沙弥女王は人麻呂（大浦）の娘ですから、笠女郎と同一人物ということになります。

笠女郎の死

笠女郎のその後は不明です。田辺福麻呂歌集の「弟の死去を哀しびて作る歌」三首からの推測です（一八〇八、一八〇九略）。

あしひきの荒山中に送り置きて帰らふ見れば心苦しも　（一八一〇）

田辺福麻呂＝笠朝臣金村ですから弟は笠女郎が考えられます。「弟」には弟妹の意味があります。題詞を「妹の死去を哀しびて作る歌」としては妻の死と誤解されそうです。それで弟にしたのです。ただ、福麻呂の三首からは笠女郎がいつ、どのように死んだのかわかりません。

私は作者不詳の三八三一から三八三四番（略）を「来ぬ夫を恋い、また恨む」笠女郎の歌とみました。続く歌です。三八三五「我が命は惜しくもあらずさ丹つらふ君によりてぞ長く欲りせし」。左注は「あるとき娘子あり。姓は車持氏なり。その夫、久しく往来をなさず。時に娘子、恋に心傷み、病に沈み臥しぬ。痩せ果

つること日に異にしてたちまち泉路に臨む。ここに使を遣り、夫君を喚びて来す。すなわち歎きて涙を流し、この歌を口ずさみてすなわち身まかりぬ」です。笠女郎の死にざまを詠んだものと考えます。車持は金村の別名ですから娘子を笠女郎とみてよさそうです。左注の夫君は家持です。あとを追って死んだとありますがもちろん死んではいません。歌を詠んで嘆いています。

十一年六月、大伴宿禰家持、亡妾を悲傷しびて作る歌

今よりは秋風寒く吹きなむをいかにかひとり長き夜を寝む　（四六五）

題詞から笠女郎は天平十一年（七三九）年に死んだとわかります。推定二十二歳です。長忌寸の娘として宴席で一五八八番を詠んでからほぼ一年後のことです。家持はさらに四六七から四七七番まで十一首の嘆きの歌を詠んでいます。うち二首です。

秋さらば見つつ偲へと妹が植ゑしやどのなでしこ咲きにけるかも　（四六七）

昔こそ外にも見しか我妹子が奥城と思へばはしき佐保山　（四七七）

この歌から亡妾が笠女郎であると確信します。笠女郎一六二〇番のなでしこの歌を承けているからです。

福麻呂一八一〇番の「あしひきの荒山」は「佐保山」でした。

第8章

家持　袖にされる

娘子

　次は人麻呂の曽孫で金村の孫にして置始長谷の娘です。名前はわかりませんが「娘子」「童女」として登場し、のちに「梅の花」や「山吹」にたとえられます。多くの女性が家持に夢中になるなかで、家持を振った唯一の女性です。最初に娘子に歌を贈ったのは佐伯宿禰《さえきのすくね》赤麻呂《あかまろ》です。娘子は取りつく島がありません。

ちはやぶる神の社しなかりせば春日の野辺に粟蒔かましを　　娘子（四〇七）
（奥様がおありにならないのでしたらお逢いもしましょうが、とてもできないことですわ）

春日野に粟蒔けりせば鹿待ちに継ぎて行かましを社し恨めし　　赤麻呂（四〇八）
（一度でもお逢いできたならば通い続けることは間違いないものを。ああ妻が恨めしい）

我が祭る神にはあらずますらをに憑きたる神ぞよく祭るべし　　娘子（四〇九）
（わたしには関わりのないことです。どうぞ奥様を大事になさってください）

我がたもとまかむと思はむますらをはをち水求め白髪生ひにたり　娘子（六三〇）
（わたしと共寝したいと願うあなたは若返りの水をお求めになって。白髪が生えてますわ）
初花の散るべきものを人言の繁きによりてよどむころかも　赤麻呂（六三三）
（ああ、もうほかの男に取られてしまうかもしれないというのに、どうにもならないうちに噂が立ってしまった。もうここが引き際だろうか）

次に湯原王《ゆはら》が挑みます。

うはえなきものかも人はしかばかり遠き家道を帰さく思へば　湯原王（六三四）
（本当に愛想も何もない人だな。遠い道をやって来たというのにすげないものだ）
目には見て手には取らえぬ月の内の楓のごとき妹をいかにせむ　湯原王（六三五）
（見えても手に取ることができない月の楓のような人だ。どうしたらよいものか）
そこらくに思ひけめかも敷栲の枕片さる夢に見え来し　娘子（六三六）
（たいそう思い込んでくださったのでしょうね。あなたが夢に出てきました）
家にして見れど飽かぬを草枕旅にも妻とあるが羨しさ　娘子（六三七）
（旅に奥様をお連れになったとか。仲がよろしいことです）
草枕旅には妻は率たれども櫛笥のうちの玉をこそ思へ　湯原王（六三八）
（そのようなこともあったけれど、あなたは箱の中の大事な玉で外には出しません）
我が衣　形見に奉る敷栲の枕を放けずまきてさ寝ませ　湯原王（六三九）
（衣を贈ります。わたしが夢に出てくるようにどうか抱いて寝てください）

我が背子が形見の衣妻どひに我が身は離けじ言とはずとも　娘子（六四〇）

（よいですわ。あなたがお出でにならなくても衣を離すことはないでしょう）

ただ一夜隔てしからにあらたまの月か経ぬると心惑ひぬ　湯原王（六四一）

（一夜逢わないだけで一月過ぎ去ってしまったように思われることです）

湯原王は妻問いに成功しますが、すぐに別れが訪れたようです。

そして家持です。

家持、娘子に贈る歌二首

ももしきの大宮人はさはにあれど心に乗りて思ほゆる妹　（六九四）

（宮中に女官はたくさんいるけれど、このように心に入り込んできたのはあなただけです）

うはへなき妹にあるかもかくばかり人の心を尽さく思へば　（六九五）

（少しの愛想もない人だ。このように心を尽くしているというのに）

家持、娘子が門に到りて作る歌

かくしてやなほや罷らむ近からぬ道の間をなづみ参ゐ来て　（七〇三）

（遠い道をやってきたというのに空しいままに帰らなくてはならないとは何たることだ）

家持、童女に贈る歌

はねかづら今する妹を夢に見て心のうちに恋ひわたるかも　（七〇八）

（あなたが髪を飾っている姿を夢に見ました。恋心が募るばかりです）

童女が来報ふる歌

はねかづら今する妹はなかりしをいづれの妹ぞそこば恋ひたる　（七〇九）

（わたしには身に覚えのないことです。あなたは誰か他の女性の夢を見たのでしょう）

家持、娘子に贈る歌七首（七一七～七二三略）

家持が歌

かくばかり恋ひつつあらずは石木にもならましものを物思はずして　（七二五）

家持、娘子に贈る歌三首（七八六～七八八略）

家持は誘い続けたものの恋は成就しなかったのです。しかも応えた歌が一首だけですから、にべもないといったところです。

梅の花

家持と梅の花

藤原朝臣久須麻呂《くずまろ》に仕えるようになった娘子は「梅の花」にたとえられています。

家持、久須麻呂に報へ贈る歌三首

春の雨はいやしき降るに梅の花いまだ咲かなくいと若みかも　（七八九）
（何度も誘ったのですが応えてくれません。若すぎるからでしょうか）

夢のごと思ほゆるかもはしきやし君が使の数多く通へば　（七九〇）
（あなたから麗しい使いが何度も遣わされて、夢の如くときめいています）

うら若み花咲きかたき梅を植ゑて人の言繁み思ひぞ我がする　（七九一）
（なかなかに男になびかない若い女性が家にいたのでは、さぞ人の口がうるさいことでしょう。わたしのことのように感じています）

また家持、久須麻呂に報へ贈る歌二首

心ぐく思ほゆるかも春霞たなびく時に言の通へば　（七九二）
（春霞のように先が見えないままで、こたえがないお手紙を頂いても心が晴れません）

春風の音にし出なばありさりて今ならずとも君がまにまに　（七九三）
（今すぐでなくともよいのです。彼女がその気になった様子が見えたならば知らせてください。あなたにお任せします。あなただけが頼りです）

久須麻呂、来報ふる歌二首

奥山の岩蔭に生ふる菅の根のねもころ我れも相思はずあれや　（七九四）

（承知しました。私の方でも目を離さないで様子を見ておきましょう）

春雨を待つとにしあらし我がやどの若木の梅もいまだふふめり　（七九五）

（春の雨にほころびるのが待たれる彼女は、今はまだ蕾のままです）

紀女郎やっかむ

次の歌は娘子を揶揄するものです。

児部女王が嗤ふ歌

うましものいづくか飽かじ尺度らし角のふくれにしぐひ合ひにけむ　（三八四三）

（尺度の娘は男を見る目がないようね。角のブーさんなどをいい男と思い込んで飽きもせず睦みあっていることだわ）

右はあるとき娘子あり。姓は尺度氏なり。この娘子は高き姓のうまし人が誂ふところを聴さず、下しき姓の醜士が誂ふところを応許す。ここに児部女王、この歌を裁作りてその愚を嗤咲ふ

尺度《さかと》の娘は高貴で典雅な男の誘いに乗らず、下級の醜男の求めに応じて喜んでいるというのです。尺度は坂門の字を変えたものです。人麻呂の別名に坂門人足がありました。「高き姓のうまし人」は家持、「下しき姓の醜士」は三八四四番（略）左注の椎野連長年《しいののむらじながとし》でしょう。長年の歌です。

橘の照れる長屋に我が率寝し童女放髪に髪上げつらむか　（三八四五）

（橘の葉が光をかえす長屋で昼間から私と寝たあの童女はもう髪上げをしただろうか）

児部《こべ》女王は何者でしょうか。歌は一首だけで正体不明です。児部は仮名とみます。家持と交遊があって家持と娘子との成り行きを知ってなければ詠めない歌です。家持周辺の女性のなかから探してみましょう。正妻の坂上大嬢を除いて山口女王、中臣女郎、広河女王、粟田女郎子、丹波大女郎子、笠女郎、紀女郎が候補です。ほかにもいますが省略します。七人のなかから紀女郎に目をとめました。紀女郎は、六四六番題詞に「鹿人《かひと》大夫が女、名を小鹿《おしか》といふ。安貴《あき》王が妻なり」とありますが詳細はわかっていません。三八四三番を紀女郎が詠んだとする理由です。

●紀女郎の歌には恨みがましいものがある。このことから人をあげつらう歌を詠むこともあり得る。ほかの女性たちに恨みの歌はない。情熱的な笠女郎でさえ、他人をとやかく言ってはいない

●三八四三番に関わる歌を紀女郎が家持に贈っている

戯奴がため我が手もすまに春の野に抜ける茅花ぞ食して肥えませ　（一四六四）

（あなたのためにせっせと摘んだ茅花よ。たくさん召し上がって太ってくださいね）

昼は咲き夜は恋ひ寝る合歓木の花君のみ見めや戯奴さへに見よ　（一四六五）

（合歓《ねむ》の花もよく見ておくことよ。彼女と夜を共にできるよう祈ってますわ）

右は、合歓の花と茅花とを折り攀ぢて贈る

茅花《つばな》は食べると太るとされ、合歓は男女交合の木とされています。ですから歌の意味はこうなります。「彼女は太った男が好みの様子ですわ。茅花を召して彼女に気に入られる体形になりますように。思いを遂げることができるよう合歓の花も添えておきます」家持も歌を返しています。

我が君に戯奴は恋ふらし賜りたる茅花を食めどいや痩せに痩す　（一四六六）
（私の娘子への恋は本物です。茅花を食べても恋い焦がれて痩せるばかりです）
我妹子が形見の合歓木は花のみに咲きてけだしく実にならじかも　（一四六七）
（せっかくあなたが贈ってくれた合歓の花ですが、実がつきそうにありません）

娘子は家持を頑なに拒んだようです。娘子が幼いとき、家持が笠女郎を捨てるさまを目の当たりにしたのでしょうか。なお、紀女郎についてひとこと弁護しておきます。三八四三番から他人の悪口を言う、いやな女とみられそうです。しかし一四六四、一四六五番のように多少ひねてはいますがユーモアも持ち合わせています。そのような見方をしたとき三八四三番は尺度の娘の名を借りて実は自分のことを詠んだのではないかと思えてくるのです。「家持のようないい男がいるのにどうして私は冴えない男と結婚してしまったのかしら」という自嘲の歌のような気がするのです。

山吹

家持と山吹

娘子への思いが叶わないまま天平十八（七四六）年、家持は越中守として富山に赴任します。越中には掾の大伴宿禰池主がいて家持と歌を贈答します。娘子は久須麻呂のもとを辞して池主に仕え、山吹と呼ばれています。家持の想いを知る久須麻呂が、娘子を越中の池主に預けたと考えます。

（天平十九年）三月二日、池主（家持に）

うぐひすの来鳴く山吹うたがたも君が手触れず花散らめやも　（三九九〇）

（男たちからしきりに誘いがかかっている彼女ですが、あなたが手を振れないうちにほかの男のものになってしまうことはないでしょう）

三月三日、家持（池主に）

山吹の茂み飛び潜くうぐひすの声を聞くらむ君は羨しも　（三九九三）

（男たちが言い寄っているであろうあの娘のことを思うと気が気ではありません）

三月五日、池主（家持に）

山吹は日に日に咲きぬうるはしと我が思ふ君はしくしく思ほゆ　（三九九七）

（彼女は日に日に女らしくなっています。私さえも気になってしようがないくらいです）

三月五日、家持病に臥して作る（池主に）

咲けりとも知らずしあらば黙もあらむこの山吹を見せつつもとな　（四〇〇〇）

（姿さえ見なければこのように心が乱れることもなかったでしょうに、よくもまあきれいになった娘を見舞いに寄こしてくれたものです）

題詞に「昨暮の来使は……詩を垂れたまひ、今朝の累信は……歌をたまふ。一たび玉藻を看るに、やうやくに鬱結を写き……」とあるので、娘子が使いとしてやってきたことがわかります。

四月、娘子は他の男と結婚してしまいます。
石川朝臣水通が橘の歌
我がやどの花橘を花ごめに玉ぞ我が貫く待たば苦しみ　（四〇二二）
（かわいいあの娘が大人になるのを待っていられようか。いや、待つことなどできない）
右の一首は伝誦して主人大伴宿禰池主しか云ふ

娘子が水通《みみち》と結婚してしまったことを池主が家持に歌で伝えたのです。しかし、まもなく二人は離婚、娘子は父親の長谷のもとに戻ります。離婚の原因は池主の越前転任に伴う転居を娘子が拒否したことによると推測します。天平勝宝二（七五〇）年、家持は三月と五月の二度、京の丹比家に歌を贈ります。

妹を見ず越の国辺に年経れば我が心どのなぐる日もなし　（四一九七）
東風をいたみ奈呉の浦廻に寄する波いや千重しきに恋ひわたるかも　（四二一三七）

家持と丹比家の関係は不明です。丹比家を置始長谷とみます。四一九七番には返事があります。
京師より贈来する歌
山吹の花取り持ちてつれもなく離れにし妹を偲ひつるかも　（四二一〇八）
（山吹の花を持ったまま、そっけなく離れて行った娘をいまだに想っているのですね）
右は四月の五日に留女の女郎より送れるぞ

留女は家持の留守を預かる妹（妻ではなく、いもうと）です。丹比家に歌を贈ったところ、妹から返事があったのですから、妹と丹比家はかなり親密だったとわかります。続く歌は家持が庭に山吹を植えて娘子を偲んだというものです。

うつせみは……茂山の　谷辺に生ふる　山吹を　やどに引き植ゑて　朝露に　にほへる花を　見るごとに　思ひはやまず　恋し繁しも（四二〇九）

山吹をやどに植ゑては見るごとに思ひはやまず恋こそまされ（四二一〇）

山吹の再婚

家持が丹比家に贈った歌は二首だけではありません。名を隠したものがもう一首あります。

贈る歌（離婚した女の親に、その女との結婚を申し込むもの）

白玉は緒絶えしにきと聞きしゆゑにその緒また貫き我が玉にせむ（三八三六）

（お嬢さんが離婚したと聞きました。それならば私の妻にいただきたいのです）

答ふる歌（女の親の返答）

白玉の緒絶えはまことしかれどもその緒また貫き人持ち去にけり（三八三七）

（娘の離婚は本当です。しかしすぐにほかの男と再婚して出て行ってしまいました）

家持はその落胆を歌にして、京の妹に送っています。

妹に似る草と見しより我が標めし野辺の山吹誰れか手折りし　（四二一二）
（あなたに似ていると思って、ずっと心にかけていた娘子を誰が連れ去ってしまったのだ）
つれもなく離れにしものと人は言へど逢はぬ日まねみ思ひぞ我がする　（四二一三）
（あなたはあの娘のことをそっけなく離れていった冷たい女と言うけれど、逢えない日が増えていくほど、私の想いは積もってくるのです）

天平勝宝六（七五四）年、家持は越中守の任を解かれて都に戻っています。

三月の一九日に家持が庄の門の槻の樹の下にて宴飲する歌二首
山吹は撫でつつ生ほさむありつつも君来ましつつかざしたりけり　（四三一六）
（このように娘をかわいがってくださるのであれば、いつでも連れてまいりましょう）
右の一首は置始連長谷
我が背子がやどの山吹咲きてあらばやまず通はむいや年のはに　（四三一七）
（あなたの娘がいてくれるなら、毎年かかさず訪ねてくることにしましょう）
右の一首は長谷、花を攀ぢ壺を提りて到り来。これによりて家持この歌を作りて和ふ

「かざしたりけり」は枕を共にしたこと、「花を攀《よ》じ」は娘をなだめすかして半ば強引に連れて来たことを暗示しています。家持は「やまず通はむ」と詠んでいますが喜びがあふれている感じがありません。燃える心があれば「帰りたくなし」とか「山吹をかざし帰ろう」となるところです。娘子の心が融けることはなく、

家持もついに諦めたのでしょう。歌は宴を用意してくれた長谷へのお礼に詠んだ社交辞令です。

娘子が赤麻呂、湯原王と歌を贈答した後、家持に返した歌は一首だけです。大人になるに従って歌が増えそうなところが逆に減っています。このことから娘子が歌を詠む人ではなかったこと、赤麻呂や湯原王に返した歌は父親の長谷の代作とわかります。

長谷は後半生、金村が使っていた河辺朝臣東人を名乗ったようです。神護景雲元（七六七）年正月に従五位下となり、宝亀元（七七〇）年に石見守となった河辺朝臣東人が長谷です。

終章

終の人麻呂

人麻呂はいつ死んだ

　ここまで人麻呂とその周辺人物について考えてきました。参考にしたのは書紀の巻二十七から三十（天智天皇、天武天皇、持統天皇）と続紀の巻一から十四（文武天皇、元明天皇、元正天皇、聖武天皇前半）の七四二年までです。この間に人麻呂（あるいは丹比真人笠麻呂、笠朝臣麻呂、沙弥満誓）の死に関する記事はありません。人麻呂はいつ死んだのでしょう。

　人麻呂がこの時点では死んでいたであろうと推測するヒントが、あの意味不明の左注がある四二五一、四二五二番の歌です。二首は天平勝宝三（七五一）年の歌群の前に並んでいますから七五〇年頃、広縄（赤人）が家持に伝えたと思われます。ならば笠朝臣の子（金村・福麻呂）が広縄に伝えたのは天平二十（七四八）年三月の「ほととぎすの宴」の折りと考えられます。このとき人麻呂は死んでいたのです。だからこそ子の金村が広縄に伝えたのです。二首の歌は人麻呂最後の歌だったのです。人麻呂の遺作ですから伝え聞く方も力が入ります。「また後に伝へ読むひとは、越中の国の掾久米朝臣広縄ぞ」の「ぞ」に力がこもっています。

次は、どの時点までは生きていたかです。これも四二五一、四二五二番が教えてくれます。左注の左大臣藤原北卿《きたのまえつきみ》は藤原房前《ふささき》のことで、房前は天平九（七三七）年四月に薨じるので歌はその直前の一月～三月（雪が降るとき）に詠まれたものでしょう。ただし人麻呂が新羅から帰着するまでの不在の期間を除かなければなりません。遣新羅使の帰朝に関する記事です。①天平九年正月二十七日、大判官らが帰国して入京、大使は津島（対馬）にて卒、副使は病気感染により入京できず②二月十五日、遣新羅使が帰朝報告③三月二十八日、副使ら四十人が天皇に拝謁。

②で帰朝報告をしたのが人麻呂とみます。人麻呂は一月末に帰京して報告書をまとめ、二月十五日に提出したのです。②で報告者の名がないのは報告者が人麻呂であったことを隠したからです。帰京が一月末であれば歌が詠まれたのは二月か三月です。おおよそではありますが人麻呂の死は天平九年二月から天平二十年三月の間ということになります。ただ、四二五二番が遺作とみられることから「天平九年二月または三月に近いいつか」であったでしょう。推定八十四歳です。

人麻呂　神になる

四二五一、四二五二番の意味も考えておきましょう。表面上の意味は「せっかくきれいに降り積もった雪だから、踏み荒らしてほしくはない」というところです。でも、本当にそれだけでしょうか。人麻呂の歌には何かが隠されていることが多いのです。私は「雪」を疱瘡《とうそう》（天然痘）の譬喩とみました。遣新羅使の大使が卒し、副使が感染したのも疱瘡です。遣新羅使船で最初に死んだ雪連宅満の名から疱瘡を雪にたとえたように考えます。雪は掛け言葉になっていて「行き」や宅満が死んだ「壱岐」の意味もあるのです。この年、疱瘡が猖獗《しょうけつ》を極めています。続紀から関連すると思われる記事を抜き出しました。

四月　十七日、正三位の藤原朝臣房前が薨じた
四月　十九日、大宰府管内諸国で瘡のできる病がはやり、人民が多く死んだ
六月　一日、諸官司の官吏が疫病にかかったため朝廷の執務を取りやめた
六月　十日、従四位下の大宅朝臣大国《おおくに》が卒した
六月　十一日、従四位下の小野朝臣老が卒した
六月　十八日、従四位下の長田王が卒した
六月二十三日、正三位の丹比真人県守《あがたもり》が薨じた
七月　五日、従四位下の大野王が卒した
七月　十三日、従三位の藤原朝臣麻呂が薨じた
七月　十七日、従四位下の百済王郎虞《ろうぐ》が卒した
七月二十五日、右大臣（藤原）武智麻呂《むちまろ》が薨じた
八月　一日、正四位下の橘宿禰左為《さい》が卒した
八月　五日、正三位の藤原朝臣宇合《うまかい》が薨じた
八月　二十日、三品の水主《もいとり》内親王が薨じた

死者のすべてが痘瘡によるものかどうかわかりませんが、王族や官人の死が異常に多いことは確かです。遣新羅使で痘瘡に罹った者が大勢いるなかで、老齢の人麻呂が元気に帰国します。左大臣藤原房前が疫病に罹らない秘訣を尋ねます。「疫病が終息するまで大殿の外を出歩かない」という歌を贈られたにもかかわらず、

房前はすぐに罹患して死んでしまったのです。

そのため人麻呂の歌は疫病に効かないとされたでしょうか。いえ、そのようなことはありません。人麻呂は疫病患者の出た船に同乗し、疫病が流行っている筑紫を往復とも経由したのに罹患することなく帰朝して長寿を全うしたのですから。そのため人々は人麻呂を疫病除けの神として崇め、各地に人麻呂を祭る神社を建てたのです。「何を言う。人麻呂は和歌の神様に決まってる」と言う人の方が圧倒的に多いでしょう。でも、考えてみてください。現代ならいざ知らず、千年以上昔に歌の神様のために神社を建てることなどあったでしょうか。人々がそのような余裕のある生活をしていたなどとうてい考えられません。人麻呂を祭る神社では人麻呂を「和歌の神様」としているところがたくさんありますが、それは建てたあとでそうなっただけのことです。菅原道真を祭る天満宮と似ています。いまは「学問の神様」を祭っていても、学問の神を祭るために建てられた神社なんてありません。天満宮は菅原道真の怨霊に祟られることのないように建てられたのです。仮に人麻呂神社が歌聖を祭る目的で建てられたとしましょう。であれば人麻呂と並び称された赤人を祭る神社もたくさんなければなりません。ところが赤人を祭るのは終焉の地とされる滋賀県東近江市の山部神社くらいです。ですから人麻呂神社は歌聖を祭るために建てられたのではないと言えるのです。疱瘡は当時「かさ」と呼ばれていたので笠朝臣麻呂の名も一役買ったことでしょう。人々は笠朝臣麻呂こそ「かさ」を防ぐ力をもっていると考えたのです。

人麻呂を祭る神社は柿本人麻呂神社、人丸神社など神社名はさまざまですが、全国各地にたくさんあります。でもなぜか圧倒的に山口県に多いのです。その理由は筑紫で流行り始めた疫病を長門の国、周防の国で止めようとしたからです。菅原道真の怨霊を周防で止めるために防府天満宮が建てられたことと似ています。防府天満宮の社が大きいのは藤原氏が力を注いだ国家事業だったからです。対して人麻呂神社は疫病を恐れた地域の村人がそれぞれに建てたので小社が多いのです。かくして人麻呂は神になったのです。

宮廷歌人の正体が不明なのはなぜか、万葉集のなかでも古いとされている二十四首はいつ頃詠まれたのか、などを探っているうちに図らずも人麻呂の生涯を追いかけることになってしまいました。せっかく万葉集を読みながら、歌の鑑賞からかけ離れたものになってしまいました。しかし、これもまた楽しい万葉集でした。

古代史こぼれ話

第2部

【登場人物】

東雲《しののめ》日夏《ひな》：歴史が得意。趣味は神社めぐり

阿比留《あびる》翔《しょう》：地理が得意。趣味は旅行

菊池《きくち》智彦《ともひこ》：国語が得意。趣味は古墳めぐり

太宰府御笠中学校の三年生

序章
古代史研究会 再び

日夏　今日は二人にお願いがあるの。『探証 日本書紀の謎』が完成したとき、もうやり残したことはないつもりだったのに、日がたつにつれて「ああ、あれもこれも謎のままだわ。何とかしなくちゃ。」との思いがあふれてきたのよ。あと少しだけ古代史の研究につきあってくれない？

智彦　いいよ。ボクは連休の間、机についてばかりいたので気分転換したいところなんだ。

翔　オレはちっとも勉強しなかったので気分転換はいらないが、古代史のことならいつでもつきあうよ。だが、そんなにやり残したことがあったかな。

日夏　「ピンク石石棺は息長氏に関わる」とわたしが勝手に決めつけたけれど間違いないか、「大仙古墳《だいせん》の被葬者は誰か」「小野妹子《おののいもこ》は実在したか」なども考えてみたいわ。

翔　そうか、そういうのもあったたな。

日夏　『わたしの魏志倭人伝』で「持衰《じさい》」について触れなかったのも心残りなの。

翔　何だか欲張りだなあ。ま、いいか。オレはいつから始めてもいいよ。

日夏　では来週から。毎週土曜でいいわね。初回は持衰について考えてきてね。

智彦　課題を追加してもいい？　倭人伝で対海国や一大国の副官は「卑奴母離《ひなもり》」とあったね。一般に卑奴を

翔

「鄙（いなか）」と捉えて卑奴母離は「辺境を守る官職名」とされているよ。だが奴国や不弥国の副官も卑奴母離だったよ。奴国や不弥国は邪馬壹国に近い国だから田舎扱いされるはずがないんだ。だから卑奴母離は田舎を守る副官ではなくて別の意味があると思うんだ。

持衰と卑奴母離について考えてくればいいんだな。倭人伝はもうとっくに忘れていたからさっそく読み返しておくよ。

第1章

魏志倭人伝余話

『わたしの魏志倭人伝』を振り返って

日夏　いくつかの邪馬台国本を読み返していて改めて気がついたことがあるの。ほとんどの本が『魏志』倭人伝（以下、倭人伝）には誤字があるとしているわ。邪馬台国近畿説を唱えるものでは邪馬壹国の「壹」は臺の誤り、使節行程の「南」は東の誤りとすることが前提になっていて、著者の陳寿《ちんじゅ》は「誤字だらけ」の扱いを受けているの。わたしたちが倭人伝の基本的な読み方を学んだ書籍の著者である水野祐《ゆう》さんも「正確に忠実に一字一句を読解する必要がある」としながら「対海国は対馬国」、「一大国は一支国」、「会稽東治は会稽東冶」と、三カ所誤りがあるとしているわ。陳寿に誤字はないとしたのはただ一人、古田武彦《たけひこ》さんだけよ。ただし古田さんは対海国と一大国は中国側の呼び名で日本語地名ではないとしているの。でもわたしたちは陳寿に誤字はないとしたうえで、すべて日本語地名として解いていってちゃんと邪馬壹国にたどり着いたのだわ。ちょっとうれしくない？　今頃になってじわっと喜びが湧いてきちゃったわ。言いたいことは言ったので、ここから本題に入るわね。

卑奴母離

智彦　倭人伝を勉強したとき、ボクたちは奴国を「のこく」、狗奴国を「くのこく」と読んだね。奴を「の」と読むのであれば卑奴母離は「ひのもり」で「火の守り」の意味ではないかと思うんだ。不弥国（福岡県宇美《うみ》町）は今は内陸だが、当時は奴国同様に海に面していたのではないだろうか。対海国や一大国はもちろん奴国や不弥国も夜間の海上交通のために港の火を絶やさないことが必須で、その役を担う長官を「火の守り」と考えたいね。重要な役だから国の首長に次ぐ二番目の地位にあったんだ。

日夏　宇美町はかなり内陸よ。海から離れすぎてない？

翔　福岡県粕屋《かすや》町の内橋坪見《うちはしつぼみ》遺跡付近に不弥国の港があったと考えたらどう？　内橋あたりにかつて夷守《ひなもり》駅があったというよ。夷守駅は山陽道と太宰府を結んだ大路に置かれた駅の一つだよ。「火の守り」がいたことからその名がつけられたんだよ。

日夏　そうか、そう言えば内橋の近くに日守神社と阿恵日守八幡神社の二社があるわ。神功皇后にちなむとされているけど、もとは火の神を祭っていたのかもしれないわね。

翔　不弥国の常夜灯は今の赤灯台、白灯台と同じように二カ所あったのかな。その跡地に二つの神社が建てられたのかもしれないね。

智彦　倭人伝の不弥国を宇美町に比定する説は夷守駅や日守神社の存在で補強されたことになるね。

翔　海ではないが、オレは宮崎県小林市の夷守岳や夷守台について考えてきたんだ。山の中だが、何か関係があるのではないかと思ってね。小林市の夷守は「国境を守る軍隊の長で、熊襲《くまそ》や隼人《はやと》に備える軍役所があったことから」とされていて、倭人伝の卑奴母離と同じように辺境守備隊の意味にとられているよ。だが違うんだな。夷守岳も夷守台も霧島火山群の噴火活動を見張る場所のことだよ。「港の火を絶やさないこと」も「火山を監視すること」もどちらも「火の守り」に違いないよ。

日夏　夷守台はかなり山の中ね。夷守が軍役所に由来するのであれば小林市内の一番拓けた場所になるはずだわ。ところが山の中だから、翔の言うとおり火山監視場所が正解ね。

智彦　「卑奴母離＝火の守り」の結論でいいね。

持衰

智彦　持衰は「倭人が中国に渡るときに髪をとかず、シラミをとらず、肉食せず、女性を近づけず死人のようにしている人」とあったね。渡海に成功すれば多くの財物を得るが、病人が出たり暴風に遭えば殺されてしまうんだ。

翔　そういう役目の人がいたということだろ。持衰のどこが謎なんだ？

日夏　持衰は倭人の風習のようだから『日本書紀』にも出ているのではないかと思ったの。ところが見当たらないのよ。持衰はどこか狭い地域の風習で、たまたま倭人伝に取り上げられただけなのかしら。

翔　なんだ、そういうことか。それなら神武東征のとき、海上で暴風に遭って天皇の兄の稲飯《いない》命と三毛入《みけいり》野《の》命が海に入ったのが似ているじゃないか。殺されたのではなく自ら入水したところが違っているけれどね。日本武尊《やまとたける》の東征でも弟橘媛《おとたちばな》が海に身を投げているよ。

日夏　似てると言えば似てるわね。

翔　国譲り神話の事代主《ことしろぬし》神もだよ。暴風ではなく国の存亡を問われてのことだが、やはり船に乗っている

智彦　ときだった。

翔　入水したのは身分の高い人ばかりだね。単純に結び付けていいかわからないが、持衰も身分の低い人や奴隷のなかからではなく、高い地位の人が選ばれたのかもしれないな。

日夏　そうだよ。航海中の災いを防ぐ力をもつと考えられていたのだから、単なる犠牲者ではないな。巫術《ふじゅつ》能力を持つ者のなかから選ばれたのではないだろうか。

翔　それとね、わたしは「衰」の字が気に入らないの。肉を食べないだけで食事は十分に摂っていたはずよ。死人のようにしていても衰弱していたわけではないわ。役目から考えても衰の字は合わないと思うの。たえる意味なら「任、耐」、つつしむなら「戒、粛、矜、謹」、つとめるなら「努、務、勤」、しずかなら「謐」、おごそかなら「厳」の字がふさわしいわ。

智彦　倭人のことばを聞いた魏の人が字を当てたんだ。

翔　持衰のもとは「致斎《ちさい》」ではないだろうか。致斎は中国から倭に伝わった言葉で、もとは「斎戒《さいかい》に専念する」という意味なんだが、倭でしだいに変化して「禍除《わざわいよ》けの人」になってしまったように思うんだ。魏人に「禍除けの人」を何というのか聞かれた倭人は「ちさい」と答えたのに、魏人は致斎のこととは思わずに「持衰」の字を当ててしまったんだよ。

日夏　致斎といえば宇佐《うさ》神宮の春致斎・冬致斎での柴挿《しばさし》神事に致斎札が出てくるわ。この神事は夜間に上宮や末社を回り、柴を挿し致斎札を立てて祈るものらしいわ。祭は公開されていないので、誰を祭っているかもいつ始まったかもわかっていないの。

翔　致斎と柴は関係があるんだな。事代主神も船を青柴垣と化してその中に隠れてしまったものね。

智彦　致斎神社もあるよ。宇佐市の東隣、大分県豊後高田《ぶんごたかだ》市西真玉《にしまたま》に真玉大塚《またまおおつか》古墳があってね。五世紀後半の前方後円墳で全長一〇〇メートル、二重の周濠まで含めると一三五メートルにもなる大きな古墳だ

翔　よ。その前方部に建っているのが致斎神社で、やはり柴挿神事があるんだ。

ここで真玉が出てきたか。オレたちは稲飯命と三毛入野命が入った海を真玉海岸付近とみたんだ（拙著『探証 日本書紀の謎』参照）。神武東征で天磐盾《あまのいわたて》に登ったあと海に出て暴風に遭い、二人が入水したあと丹敷浦《にしきのうら》に至るとなっていたよ。天磐盾を豊後高田市臼野《うすの》の猪群《いのむれ》山ストーンサークル、丹敷浦を真玉海岸とみれば、暴風に遭った場所は真玉沖と考えられるからな。稲飯命または三毛入野命の子が真玉の地に残って、入水した二人を祭り、その子孫の一人が真玉大塚古墳に葬られたのではないか。

日夏　そうかもしれないわ。持衰は風習ではなくて巫術だったのね。わたしは「持衰＝致斎」の結論で満足よ。来週の課題は日本書紀（以下、書紀）を勉強してきたなかから、やり残したもの三つを選んできたわ。一つ目は先程出てきた猪群山の巨石群が「自然のものか、人為的なものか」。「天磐盾」という呼び方からして石が環状に並べられている感じがしないの。本当にストーンサークルなのかしら。二つ目は四代懿徳天皇の生まれについて。わたしたちの年代計算が正しければ懿徳天皇は父親が八歳のときに生まれたことになってしまうのね。三つ目は武埴安彦《たけはにやすひこ》の反乱について。わたしが疑問に思うのは崇神天皇が国をうつして二、三年経ってから反乱を起こしたことなの。反乱するなら国をうつしたばかりで混乱しているときが絶好のチャンスよ。それで反乱の経緯を見直してみたいの。

第2章

神武天皇から崇神天皇まで

日本書紀拾い読みⅠ

猪群山

日夏　猪群山の巨石群は自然石か、人為的に配されたものか。

智彦　学者のあいだでは次のような理由でストーンサークル（環状列石）ではなく自然石の集合にすぎないとされているよ。

①きれいな円形でなく、ゆがんだ楕円形である
②石が離れているものもある、よそにある環状列石のような秩序がみられない
③石の移動が人為的になされたとしてもサークルを意識していたとは思われない
④石のいくつかは人が移動させたにしては大きすぎる
⑤中心石とみられる神体石から見て東西南北に巨石がない

日夏　中間の見方もあるの。考古学者の斎藤忠《ただし》さんはストーンサークルとすることには否定的なものの、巨石群の西側にある一対の立石、陰陽石だけは「門柱の状態を示していて、この石のみは人為的に配し

たように思われる」と言っているわ。

翔　入り口だけ人為によるもので、あとの石の配列は自然のままでは中途半端だな。そりゃあ、なかには自然のままで位置を移動していない石もあるかしれないが、全体としては人為的に配置されたと考えていいのではないか。巨石群の中央に立つ高さ四・四メートルの神体石にしても自然に立ったものとはとても思えないよ。それに山の中腹、巨石群の西南にもミニストーンサークルがあるんだ。登山道途中の「いっぷく望」と呼ばれる見晴らしの良いところにあって、きれいな円形ではないが環状になっていて山上の巨石群と関係があるに違いないよ。ただオレが知っている大湯環状列石《おおゆかんじょうれっせき》や忍路《おしょろ》環状列石、伊勢堂岱《いせどうたい》遺跡など有名なストーンサークルは山の上ではないんだな。山上のストーンサークルなんてあるのかな。

智彦　猪群山からそう遠くない大分県宇佐市安心院《あじむ》町の米神山《こめかみ》の山上にあるよ。米神山には西南麓にも列石があって「佐田京石《さだきょういし》」と呼ばれているんだ。環状のものと半環状のもの、それにまっすぐに並んだ三種の列石だね。

翔　山上と西南麓か。猪群山の山上とミニストーンサークルの位置関係と同じだな。もしかして猪群山の山上巨石群とミニストーンサークル、米神山、佐田京石はまっすぐ並んでいるなんてことはないのか。

日夏　ホントだわ。少し傾いてはいるけれど、北東から西南に向かって並んでいるわ。

智彦　そうなると猪群山の巨石群は人為的なものとの見方が強まってくるね。佐田京石にはもう一つ注目すべき点があるんだ。京石は由布岳のほぼ真北にあって、由布岳を望むことができる最北の場所なんだ。古代人が由布岳を崇めていたこと、方角に相当なこだわりをもっていたことがわかるね。

日夏　話を猪群山に戻すわ。山の北側中腹に飯牟礼《いいむれ》神社（中宮）、ふもとに飯牟礼神社（下宮）があって両社の社殿裏には巨岩がたくさんあるの。飯牟礼は石群れのことで、石を祭る神社のようね。山上に社はないけれど、きっと巨石群そのものが上宮なのよ。であれば石の配置に人の手が加えられることもあったと考えられるわ。

翔　人為的配置とみる理由がもう一つあるよ。巨石群を自然石の集合と考える理由のなかに「⑤中心石とみられる神体石から見て東西南北に巨石がない」というのがあっただろ。ところが神体石から東西と南北に線を引いて、その線を右に一三度回転させるとサークルの外縁とみられる位置にちゃんと巨石があるんだ。一カ所ではないよ、四カ所ともにだよ。どうして一三度ずれるのか説明できないところが弱点だが、自然石の集合ではないことだけはわかるだろ。

日夏　わたしたちの結論としては「猪群山巨石群＝ストーンサークル」でいいわね。

安寧天皇の正体

日夏　次に進むわ。四代懿徳天皇は父親の安寧天皇が八歳のときに生まれたことになるの。懿徳天皇は安寧天皇の弟だったのに、父から子へと皇位が引き継がれたことにするために親子にされてしまったたのかも。あるいは二代綏靖天皇と安寧天皇が兄弟で、安寧天皇はもっと早くに生まれていたとも考えられるわね。

智彦　神武天皇までさかのぼって系譜を見直す必要がありそうだね。

翔　そうしよう。ついでの話だがオレは綏靖天皇の前に手研耳《たぎしみみ》命が即位したとみているんだ。このこともいっしょに考えたいな。

日夏　手研耳命は綏靖天皇の庶兄ね。書紀に「手研耳命、行年已長いて久しく朝機《みかどのまつりごと》を歴たり」とあるから、政治を執っていたようにもみえるわ。わたしたちの計算では神武天皇の崩御が紀元前二五年で、綏靖天皇の即位が前二三年だから約二年の空位期間があるの。この間、手研耳命が天皇だったこともあり得るわけね。

翔　だろ。古事記に「神武天皇崩りましてのち庶兄当芸志美美《たぎしみみ》命その嫡后、伊須気余理比売《いすけよりひめ》を娶した」とあったから、手研耳命は義母で前皇后の媛蹈鞴《ひめたたら》五十《い》鈴媛《すずひめ》命と結婚して皇位を継いだんだよ。書紀は天皇家の直系の祖先ではない手研耳命の即位を隠したんだ。

智彦　手研耳命の母親の吾平津媛《あひらつひめ》を日向国吾田《あた》（福岡市西区）の人とみたね。手研耳命は吾田で生まれ、神武東征についてきたんだ。前七二年生まれ（神武天皇十七歳のとき）と仮定すると神武天皇崩御のとき四十八歳だね。媛蹈鞴五十鈴媛命が十四歳で神武天皇正妃になったとして天皇崩御のとき五十二歳だから二人の年齢はそう離れてないんだ。結婚もあり得たわけだ。

翔　その後、媛蹈鞴五十鈴媛命の子の神八井耳《かんやいみみ》命と神渟名川耳《かんぬなかわみみ》尊が手研耳天皇を殺して、神渟名川耳が即位し綏靖天皇になったんだ。ここからが当初の課題、懿徳天皇の生まれについてだね。オレは安寧・懿徳天皇兄弟説はないと思うんだ。安寧天皇が十歳で即位して、そのときすでに皇后がいたではあまりに早すぎるよ。だから兄弟は綏靖・安寧天皇の方で、安寧天皇はずっと早くに生まれていたことになるから、懿徳天皇は父親が八歳のときの子でなくてすむんだな。

日夏　では兄の神八井耳命が安寧天皇の正体？　神八井耳命は綏靖天皇が即位して間もない前二二年に薨じているから後を継ぐことなどできないわ。それとも古事記にもう一人、一番上に日子八井《ひこやい》命がいたようだから、日子八井命を安寧天皇と考えるの？

翔　残念だがそれはハズレ。オレは死んだことになっている神八井耳命が弟のあとを継いだとみているんだ。前二二年に死んだのは長兄の日子八井命だよ。

智彦　それで神八井耳命に神の字がついているのか。神渟名川耳尊と同じように名に神を冠して即位したことを示しているんだ。だから早世した日子八井命に神はついてないわけだ。

日夏　「耳」は王を表しているのね。手研耳命にはあったけれど日子八井命にはないわ。

智彦　書紀注釈に「手研耳は耳の形が曲がりくねっていることをいうのであろう」とあるけれど見当違いだね。

翔　『魏志』倭人伝で投馬国の官に「弥弥《みみ》」とあったのも王を意味していたんだな。

日夏　日子八井命が書紀に出てこないのは、その死を神八井耳命の死にすり替えたためだったのね。

翔　古事記で綏靖天皇の妃は河俣毘売《かわまたびめ》、子が師木津日子玉手見《しきつひこたまてみ》命となっていたよ。それが書紀では皇后が五十鈴依媛《いすずよりひめ》、子が磯城津彦玉手看《しきつひこたまてみ》尊なんだ。そして「一書に云く」と異伝を付け加えて皇后に川派媛《かわまたひめ》や糸織媛《いとおりひめ》を挙げているよ。皇后が誰だったかわからないはずがないのにね。書紀の本文がウソだからわざと異伝を並べたんだ。皇后は五十鈴依媛ではなく川派媛が真実なんだ。五十鈴依媛としたのは安寧天皇の母親は五十鈴依媛と言いたかったからだよ。媛蹈鞴五十鈴媛命と五十鈴依媛は姉妹とされているが同一人物だな。

日夏　神八井耳命が多くの部族の始祖になれた理由がわかったわ。古事記では「意富《おお》臣、小子部《ちいさこべ》連、坂合部《さかいべ》連、火《ひ》君、大分《おおきだ》君、阿蘇《あそ》君、筑紫三家《つくしのみやけ》連、雀部造《さざきべのみやつこ》、小長谷《おはつせ》造、都祁直《つけのあたい》、伊余国造《いよのくにのみやつこ》、科野《しなの》国造、道《みち》奥石城《のくのいわき》国造、常道仲《ひたちのなか》国造、長狭《ながさ》国造、伊勢船木《いせのふなぎ》直、尾張丹羽《おわりのにわ》臣、島田《しまだ》臣等の祖」となっていたけれど、書紀のとおり、早く死んでいたらとてもこのように多くの部族を残せやしないわ。天皇であり、長命でもあったからこそのことよ。ところで磯城津彦玉手看は神八井耳命の別名と考えていいのかしら。

翔　まあそうだけど磯城津彦は綏靖天皇と川派媛の子の名を借りてきたものなんだ。安寧天皇の子とされている磯城津彦命のことだよ。「磯城津彦」に「玉手看」をくっつけたのが安寧天皇の名前なんだ。古事記で安寧天皇の子は常根津日子伊呂泥命《とこねつひこいろね》、大倭日子耜友命《おおやまとひこすきとも》（懿徳天皇）、師木津日子命《しきつひこ》の三人で、書紀では息石耳命《おきそみみ》、大日本彦耜友尊《おおやまとひこすきとも》の二人、異伝で第三子に磯城津彦命を加えていたよ。磯城津彦命は綏靖天皇の跡継ぎだったものを神八井耳命が強引に即位したことから皇太子の地位を失い、安寧天

■日本書紀による安寧天皇関係系図

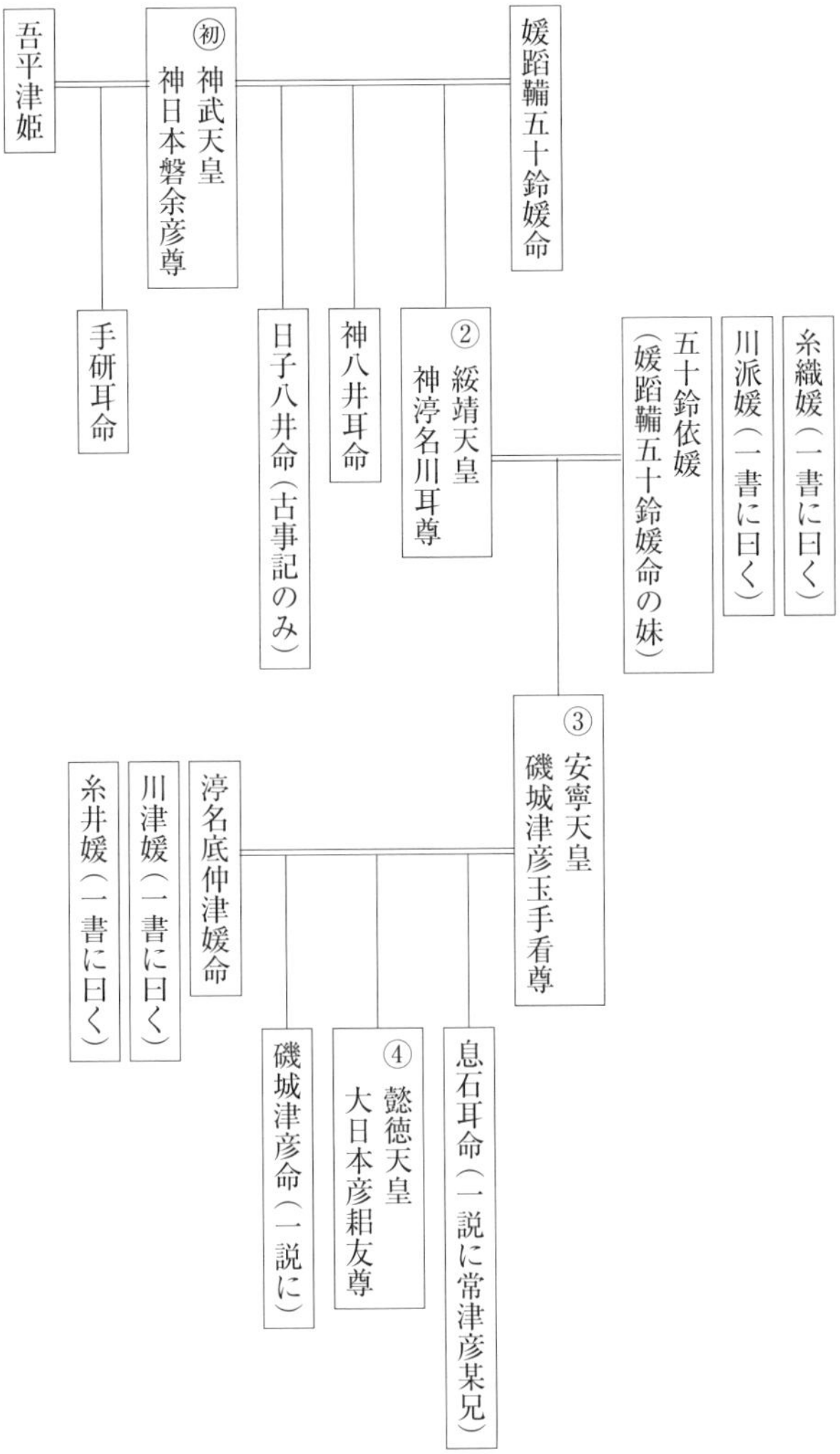

皇の第三子にされてしまったんだ。磯城津彦命は「猪使連の始祖」とあることからわかるように、政治の中枢から遠ざけられているよ。本当に安寧天皇の子であったならば皇位を継いでるはずなんだ。

智彦 そうだね。磯城津彦玉手看の子が磯城津彦命はないよ。逆はあってもね。あとに生まれた方が略した名になることは考えにくいよ。

日夏 磯城津彦命が綏靖天皇と河派媛の子であることは理解できたわ。では息石耳命と懿徳天皇の母親は誰なの。古事記では阿久斗比売《あくとひめ》、書紀では渟名底《ぬなそこ》仲媛《なかつひめ》命、異伝で川津姫《かわつひめ》や糸井媛《いといひめ》が皇后として挙げられているけれど、わたしにはわからないわ。

翔 それは渟名底仲媛命だよ。懿徳紀に天皇の母は事代主神の孫にあたる鴨王の女とあることからわかるんだ。阿久斗比売や川津媛、糸井媛は磯城県主系の女性だから違うよ。安寧天皇は即位する前から渟名底仲媛命と結婚していたんだ。子の息石耳命と大日本彦耜友尊は年の離れた兄弟だったので弟であ

■安寧天皇＝神八井耳命説による系図

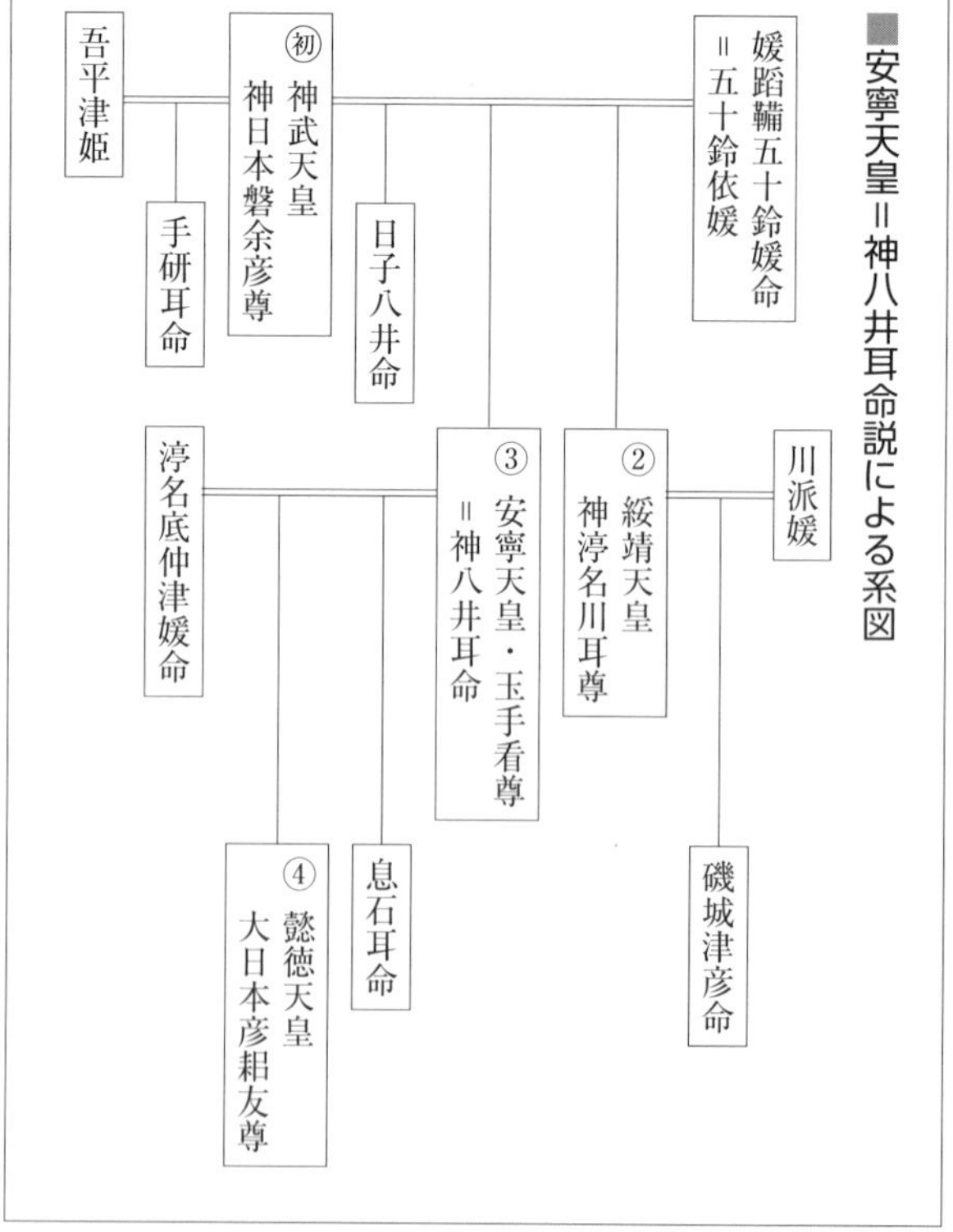

る懿徳天皇の皇后、天豊津媛《あまのとよつひめ》命が兄の娘であることも納得できるわけだ。

武埴安彦の謀反

日夏　次は武埴安彦の謀反について。概略はこのようなものだったわ。「崇神十（二一四）年九月、北陸、東海、西道、丹波に将軍を遣わした。北陸に遣わされた大彦《おおひこ》命が『武埴安彦が謀反をたくらんでいる』という情報を持ち帰った。まもなく武埴安彦と妻の吾《あ》田《た》媛《ひめ》が軍を起こし、攻め寄せてきた。大坂より攻めてきた吾田媛の軍を五十《い》狭《さ》芹彦《せりひこ》命が打ち破り、山背より攻めてきた武埴安彦を彦国葺《ひこくにふく》が攻撃した。彦国葺は忌瓮《いわいべ》を和珥《わに》の坂に据え、那羅山に登って出陣した。次に進軍し輪韓河《わからかわ》に至り河を挟んで武埴安彦と対峙し戦いを挑んだ。そのため人はその河を挑河《いどみ》と名づけ、いまは泉河《いずみ》という。武埴安彦は彦国葺に『どうしてお前は軍を起こしてきたのだ』と尋ねた。彦国葺は『お前が国を傾けようとしているから討伐に来た。これは天皇の命令である』と答えた。まず武埴安彦が彦国葺を射たがあたらず、彦国葺が武埴安彦を射たところ胸にあたって死んでしまった。武埴安彦の軍は逃げ出した。追撃し河の北で撃破した。逃げ遅れた兵士は頭を地につけて『我君《あぎ》』と言って許しを乞うた」あとは略すわ。

翔　国をうつした直後でなく、数年経ってから謀反を起こした理由が問題なんだな。

日夏　そうなの。国が落ち着いて四方に将軍を派遣するようになったときに反乱するなんてタイミングが悪すぎるわ。それで、どのような事情があったのか考えてみたいの。

翔　話が逆なのではないか。国に余力ができたから崇神天皇の方が武埴安彦に反逆者の汚名を着せて討ち取ったと考えたらどうだ。国をうつしたときは戦いを仕掛ける余力がなかったが、四方に将軍を派遣できるようなったときなら天皇側にとってはいいタイミングだよ。

智彦　そうだね。書紀は「武埴安彦が軍を起こし攻め寄せてきた」としながらも、戦いが始まるまえに武埴安彦が彦国葺に「どうしてお前は軍を起こしてきたのだ」と問うているもの。自分が攻め込んでこのような質問をするはずがないよ。彦国葺も「お前が国を傾けようとしているから討伐に来た」と答えているから天皇側が武埴安彦の国に攻め込んだとみて間違いないよ。武埴安彦の国はどこにあったのだろう。

翔　大彦命を北陸に派遣して謀反の情報を得たのだから武埴安彦の国は大倭（大分）の北方だよ。大倭の北で目障りな国といえば杵築出雲が考えられるが、崇神天皇は六十（二四九）年になって杵築出雲を攻めて出雲振根《いずものふるね》を殺しているので、杵築出雲ではないね（杵築出雲については、拙著『探証 日本書紀の謎』参照）。ただ武埴安彦は名に「武」がついていることから出雲系の人で、その国は杵築出雲の近くだったろうね。大分県杵築市西部から日出《ひじ》町にまたがる「相原」なんてどうだろう。

智彦　相原が武埴安彦の国ならば、戦いがあったのは相原手前の日出町だね。輪韓河を挟んで戦いが始まったとあったが、輪韓河は日出町を流れる金井田《かないだ》川のことかな。金井田川はひらがなの「つ」のような形に流れて日出町中央部の周りを輪のようにぐるっとまわって別府湾に注いでいるんだ。「今は泉河という」とあったが、金井田川の上流の地名が和泉だよ。那羅山は「草木をふみならしたので那羅山」とあったが、起伏が少ないなだらかな山のことだね。和泉と相原のあいだの「藤原」は緩やかな傾斜地だよ。藤原には「会下《えげ》」地名もあって「あぎ」の発音に近いよ。会下は修行僧の道場のことだが、会下の字が当てられる前から「えげ」地名はあったのではないかな。

日夏　相原を武埴安彦の国とみることに反対はしないけれど、もう少し納得させるものはない？　母親の名も埴安媛なのだから埴安と相原を結びつけることができないかしら。

智彦　埴は粘土のことだから日出と関係があるかも。日出は別府側からみて日の出方向にあるからその名がついたといわれているが、本当は「泥土（ひじ）」が語源だね。ただ「埴」や「泥」を相原に結びつけるのはむつかしそうなんだ。辞典の「相」に粘土の意味は出てこないもの。

翔　字にこだわらず「あい」の発音をもつ地名で考えてみたらどうだ。「兵庫県相生市《あいおい》」とか「鹿児島県姶《あい》良《ら》市」などだよ。

日夏　調べてみるわね。……相生市には那波野丸山窯跡《なばのまるやまようせき》があって古墳時代、陶器を製作していたようね。飛鳥時代から平安時代にかけての相生窯跡群もあるわ。姶良市の姶良平野は粘土層が特徴で、姶良市東側の霧島市牧園《まきぞの》町の白色粘土は今でも薩摩焼の原料とされているとあるわ。

翔　まえに名古屋市に行ったとき、相生山があったな。

日夏　相生山緑地（鳴子《なるこ》丘陵）は古赤黄色土の粘土層となっているわ。日出相原の記事もあったわ。「（相原）各地で土師器《はじき》や弥生時代の土器片が出土」。どうやら「あい」は粘土が豊富なことを表しているようね。

智彦　結論は「武埴安彦が謀反したのではなく、崇神天皇側が武埴安彦の国に攻め込んだ」でいいね。

日夏　来週の課題も三つよ。一つ目は「しば（柴・芝）」。仲哀天皇が橿日《かしひ》宮に入るときの話で智彦は「しば」を礼拝所のことと言ったでしょ。もう少し詳しい説明が聞きたいわ。二つ目は仁徳天皇のとき、皇后の磐之媛《いわのひめ》命が紀国の熊野岬まで採りに行った御綱葉《みつながしわ》。御綱葉とは何か。書紀注釈は「酒を盛る木の葉」としていて、古事記の注では『皇大神宮儀式帳《こうたいじんぐうぎしきちょう》』に「酒を御角柏に盛りて給う」とあることから三つの角ある葉をもつウコギ科のカクレミノを有力視していたわ。三つ目は允恭天皇の太子の木梨軽《きなしかる》皇子。翔は允恭天皇と木梨軽皇子を同一人物と考えたのね。詳しい説明を聞きたいわ。

第3章

仲哀天皇から允恭天皇まで

日本書紀拾い読みⅡ

しば

智彦　ボクは「しば」を礼拝場所と考えたんだ。遠方の神や山の神に祈るとき、神のいる場所まで行けないので住居の近くから祈る、その場所のことだよ。

日夏　「しば」地名は数え切れないほどたくさんあって全部を検討するなんてとてもできそうにないから一つに絞って質問するわ。東京都港区の「芝」もそうなの？　芝公園や旧芝離宮恩賜庭園《きゅうしばりきゅうおんしていえん》があるところよ。

智彦　港区のホームページでは「由来は明らかではない」としながら「①海苔を取る小枝（柴）、②守護職「斯波《しば》」、③芝草、④河口デルタ地形」を候補として挙げているよ。どれもハズレで港区の芝は「芝大神宮」に由来するものなんだ。芝大神宮は「関東のお伊勢様」と呼ばれているように、関東に暮らす人々が遠く伊勢まで出かけずとも伊勢の神様にお参りできるよう建てられたので「芝」大神宮の名がつけられたんだよ。

翔　オレも一つ。大分県別府市の「柴石《しばせき》」はどうなんだ？

智彦　柴石温泉で知られているところだね。柴石は「柴の化石を産する」ことによると伝えられているよ。だが「しばせき」と湯桶《ゆとう》読みになるところがおかしいんだ。柴の化石に由来するのであれば「しばいし」だよ。木の化石の産地として知られている岐阜県美濃加茂《みのかも》市や石川県白山《はくさん》市、福岡県の筑豊地方に「しばせき」地名が見当たらないことからも化石説は間違いだと思う。「しばせき」は「しばを塞く、ここから先に行って祈ることはできない」場所のことで、その先には祈りの対象である「神が座す山」があることになるね。別府市柴石では西側の「鍋山」が神の山だよ。鍋山は鍋を裏返した形からではなくて神奈備《かんなび》の「なび」に由来するんだ。神奈備は神が鎮座する山や森のことだよ。

日夏　「しばを塞く」のは地形的な理由かしら。それとも人が入るのを禁止する意味があるのかな。

智彦　両方あると思う。言葉順が逆の「せきしば」もあるよ。福島県喜多方《きたかた》市の関柴《せきしば》町のことで、北東の高曽《こうぞ》根《ね》山が神の山だね。高曽根山は現在でも登山道がつくられていない。それほど恐れ多い山なんだ。ボクが「しば」を一つ挙げるとすれば奈良県桜井市の芝。三輪山の西にあって三輪の神に祈る場所だよ。

翔　よくわからないながらオレも一カ所だけ「しば」地名を調べてきたんだ。大分県臼杵《うすき》市の芝尾だよ。芝尾は諏訪山の西南麓にあって、諏訪山が神の山だろうね。「尾」がついていることから芝尾は芝のはずれの意味で、芝の中心地は芝尾と諏訪山のあいだの三島神社（元宮）あたりかな。三島神社は社殿がなくて、推定樹齢七〇〇年のシイの古木がご神体になっているよ。

日夏　臼杵を守る山は鎮南《ちんなん》山と聞いているわ。神の山は鎮南山ではないの？

翔　それは臼杵の町が形成された中世以降のことだよ。下山《しもやま》古墳や臼塚《うすづか》古墳があることからわかるように古代においては諏訪山西麓が臼杵の中心だったんだ。

諏訪山を神の山とする理由としては、まず山の形。神奈備にふさわしいきれいな三角形で、とくに西南方向からの眺めが美しいよ。形だけでなく位置的な理由もあるんだ。諏訪山の東側は臼杵湾で、真東が津久見《つくみ》島なんだ。津久見島もおむすびのような三角形だよ。そして南側の臼杵公園（臼杵城址）内にある護国神社は諏訪山の真南だよ。明治初めまでは歴代の臼杵城主（稲葉公）を祀る稲葉神社だったそうだが、神社はずっと昔から稲葉社だったのではないかとオレは考えているよ。

日夏　それはあるかも。お城のなかの神社は珍しくはないけれど歴代城主を祀ったものはあまり聞かないわ。あっても初代城主の祖先や最初に城を築いた人を祀っているようね。城主を神として祀ったのでは神君家康公と肩を並べるようなものだから憚られたのではないかしら。城主は神ではなく仏として城外の菩提寺で弔われるのがふつうよ。

翔　話を戻すよ。護国神社の南に人が造ったのではないかと思われるほどきれいな三角形の山があるんだ。うしろに鎮南山が控えているため目立たないけれどね。それから諏訪山の真西は坊主山で、真北はどうかと見ると白石山がデンと構えているよ。

日夏　諏訪山を中心にして東西南北に山があるのね。神の山に頷けるわ。

翔　それだけではないよ。諏訪山からみて冬至の日の出方向（東南東）と反対側の夏至の日没方向、また夏至の日の出方向（東北東）と冬至の日没方向にも山があるんだ。だから諏訪山は八方の山の中心になっているんだ。

智彦　諏訪山が神の山であることは西麓に神下山《じんかやま》古墳があることからも確認できるよ。神の山のふもとにあるから神下山なんだ。古墳は五世紀中頃から後半の円墳で、墳丘の東側にある刳抜《くりぬき》式家形石棺は露出していて直接見ることができるんだ。棺蓋《かんがい》の屋根の棟側面に三つの穴があけられていて、とても珍しいものなんだ。ボクはほかに見たことがないよ。

御綱葉

日夏　御綱葉はカクレミノの葉とする説のほかにシダ類のオオタニワタリ説もあるの。和歌山県串本町《くしもと》の伝承では潮御崎《しおのみさき》神社に自生するマルバチシャノキとされているわ。

智彦　「御綱」が三つの角の意味であればオオタニワタリもマルバチシャノキもハズレだね。葉は三つの角にはほど遠いもの。だからと言ってカクレミノもどうかな。カクレミノは難波でも採れたはずで、わざわざ熊野まで出かける必要がないもの。御綱葉は熊野に行かなければ採れないと考えるべきだろうね。

翔　磐之媛は御綱葉を採ったあと仁徳天皇と別れてしまったね。熊野岬は熊襲の国のことで、熊襲の王が磐之媛に仁徳天皇との別れを命じたのではないか。であれば御綱葉は熊襲の王が好んだ桐の葉が考えられるよ。桐の葉は角が三つあって広いからまさにミツノガシワだよ。「御綱葉を採る」は「熊襲の王に会うこと」ではないだろうか。

智彦　それ、正解かも。白川静さんは漢字「桐」のつくりの「同」は酒を盛る器と祝詞を収める器で、酒を飲んで神に祈り誓うときのものといっているよ。書紀注釈に御綱葉は「酒を盛る木の葉」とあったが、字がもっている意味からして桐の葉は酒を盛る木の葉そのものだね。

日夏　わたしたちは福岡県みやま市の高野《こうや》の宮にある神像五体のうち五三の桐の文様衣裳をまとった一体を熊襲の大王とみたのだったわ（拙著『探証　日本書紀の謎』参照）。中国の伝説では桐は徳の高い天子が世に出たときに鳳凰が現れて止まる木とされているのね。和歌山県新宮市の熊野速玉《くまのはやたま》神社は神紋が「五七の桐」だから、きっと熊襲の王を祭っているのよ。祭神の熊野夫須美《くまのふすみ》大神は先祖神で、熊野速玉大神が磐之媛と会った王なのかも。

智彦

ついでに「桐」の語源について。桐は「切る（切ってもすぐに芽を出して成長する）」に由来するとされているけれど違っていて、幹の中心が空洞になっていることによるんだ。「切る」は切断するだけでなく穴をあける意味もあるからその道具を錐と言うんだ。桐は幹の中心に穴があいているから「きり」なんだ。

木梨軽皇子

翔

次に進むよ。木梨軽皇子の父の允恭天皇は仁徳天皇の子で、兄の履中、反正天皇のあとを継いで即位したとなっていたよ。皇后の忍坂大中姫《おしさかのおおなかつひめ》命とのあいだに木梨軽皇子（太子）、名形大娘《ながたのおおいらつめ》皇女、境《さかいの》黒彦《くろひこ》皇子、穴穂《あなほ》天皇（安康天皇）、軽大娘《かるのおおいらつめ》皇女、八釣白彦《やつりのしろひこ》皇子、大泊瀬稚武《おおはつせのわかたける》天皇（雄略天皇）、但馬《たじまの》橘大娘《たちばなのおおいらつめ》皇女、酒見《さかみ》皇女と男女九人の子供が生まれているよ。衣通郎姫は、古事記では允恭天皇の娘である軽大郎女（軽大娘皇女）の別名とされていたけれど、書紀では軽大娘皇女とは別人で皇后の妹となっていたね。木梨軽皇子と軽大娘皇女の密通が発覚したとき、皇女は伊予に流されたが皇子は太子だったので罪に問われなかった。その後、允恭天皇が崩御すると皇子は自殺した、異説で伊予に流されたのだったね。古事記では、皇子の方が伊予の湯に流され、衣通郎姫があとを追ってともに自死したとなっていたよ。

日夏

わたしたちは允恭天皇と皇后の忍坂大中姫命、皇后の妹の衣通郎姫の出身地が同じとわかったことから三人を同母の兄妹とみたのね。古事記のように衣通郎姫と軽大娘皇女を同一人物とみれば兄の木梨軽皇子が允恭天皇と同一人物ということになるわ。書紀はどうして同一人の允恭天皇と木梨軽皇子を親子に別けてしまったのかしら。

翔　それは允恭天皇が同母の妹を皇后としたうえ、さらに下の妹を妃にしたからだよ。書紀にそのままを記すわけにもいかないので親子に別けて木梨軽皇子という架空の皇子を誕生させ、密通の話は皇子のことにしてしまったんだ。密通が発覚したとき「太子だったので罪に問われなかった」とあるのは「天皇だったので罪に問われなかった」が真相だな。允恭天皇は応神天皇の子の若野毛二俣《わかぬけふたまた》王の子の意富富《おおほ》杼《ど》王がその正体なんだ。若野毛二俣王の子は意富富杼王、忍坂之大中津比売《おさかのおおなかつひめ》命、田井之中《たいのなかつ》比売《ひめ》、田宮之中比売《たみやのなかつひめ》、藤原之琴節郎女《ふじわらのことふしのいらつめ》、取売《とりめ》王、沙禰《さね》王の七人で古事記にだけ名前が出ているよ。この七人が書紀で允恭天皇の子とされた九人の兄弟のうちの七人なんだ。七人は允恭天皇の子ではなく兄弟で、允恭天皇の子は大泊瀬稚武天皇と但馬橘大娘皇女の二人だけだよ。

■日本書紀による允恭天皇関係系図

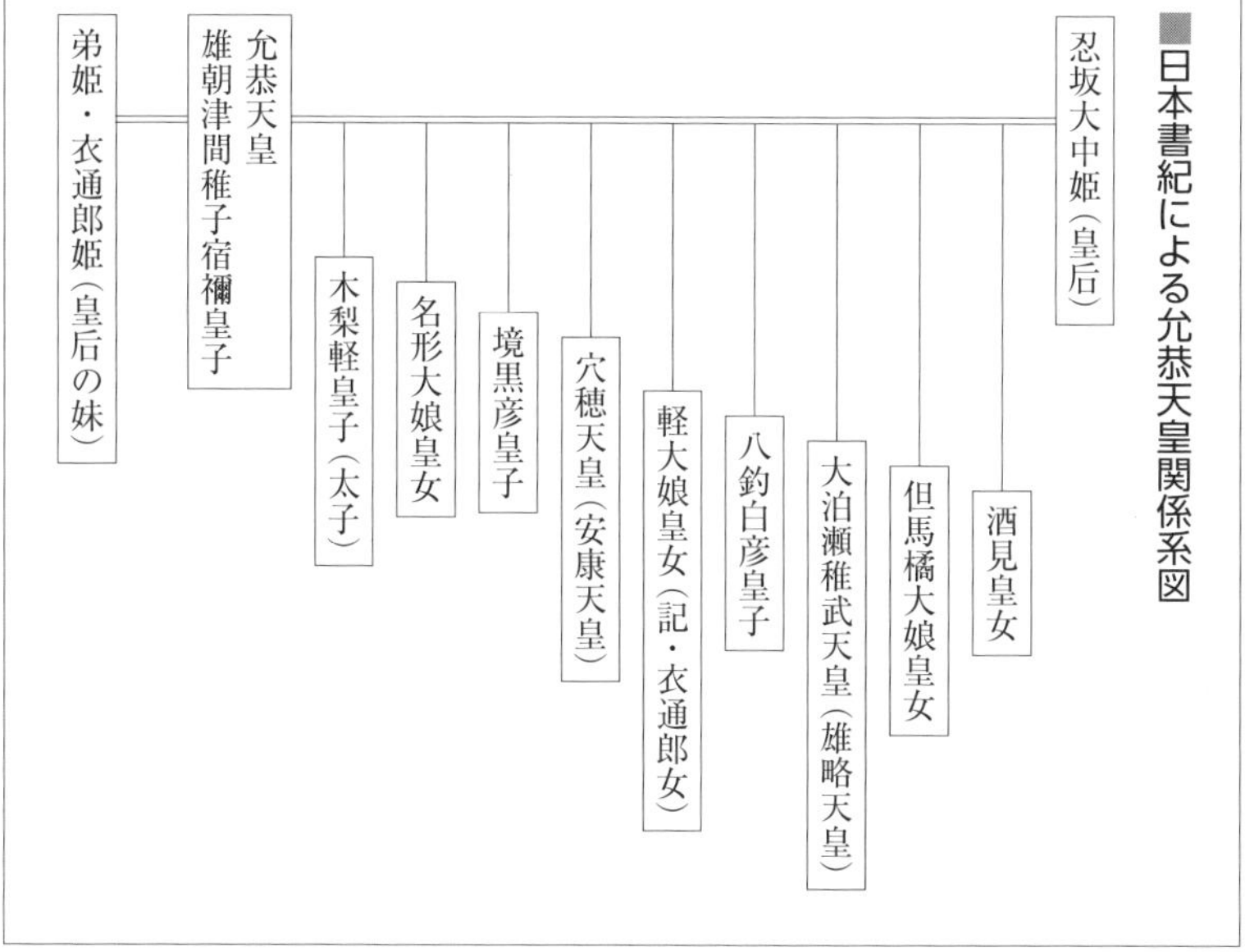

日夏　すると古事記で意富富杼王のすぐ下の妹の忍坂大中津比売命と、書紀で木梨軽皇子のすぐ下の妹の名形大娘皇女が同一人物ということ？　それに安康天皇も允恭天皇の子ではなく弟なの？　頭が混乱してきたわ。

翔　一人ずつみていくよ。まず、木梨軽皇子＝允恭天皇について。太子であるにもかかわらず生まれた年も明かされていないことから架空の皇子とわかるよ。「軽」は「高市郡《たかいち》の地名」と考えられているが、違うんだ。允恭天皇が履中天皇や反正天皇から「愚かで軽い奴だ」とさげすまれたことから軽の名がつけられたんだ。即位前の天皇自身が言っているよ。「我が兄の二人の天皇、我を愚なりとして軽したまう」とね。

日夏　「軽」にそのような意味が込められていたのであれば「木梨」にも何か意味がありそうね。

翔　それがよくわからないんだ。書紀注釈には「地名か、梨の一種か」とされていたけれどね。

智彦　木梨についてはボクが考えてきたよ。最初は梨の花に注目したんだ。『枕草子』に「梨の花はとても興ざめさせるもので、そばで愛でたりなどしません」とあるように、清少納言がそっぽを向いているから同母兄妹で結婚した允恭天皇に合うかと思ったよ。だが、梨の花と允恭天皇を結び付けることができなかったんだ。次にわざわざ木梨といっていることに注目したらわかったよ。ふつう梨の花柱は五個くらいあるので一つの花芽から複数の実がなるんだ。「木梨」は允恭天皇と忍坂大中姫命、衣通郎姫の三人が同じ母親から生まれたことを暗示するものだったんだ。

翔　次は允恭天皇の子とされた二番目の名形大娘皇女＝忍坂大中姫とすることができるか。書紀の執筆者は忍坂大中姫命の別名を別人から借りてきているよ。名形は履中天皇の娘、中磯《なかし》皇女（長田大娘《ながたのおおいらつめ》）の字を変えたものなんだ。

日夏　長田が名形になったのね。

智彦　書紀注釈では「名形は地名か、履中天皇の皇女が紛れ誤ったか」となっていたね

翔　次は三番目の境黒彦皇子だが、古事記では田井之中比売で男女が入れ替わっているね。四番目は穴穂天皇（安康天皇）で、古事記では田宮之中比売。比売は本当は比古で、田宮之中比古が穴穂天皇の名前だよ。天皇の名が穴穂だけではあまりに簡略すぎるだろ。ほかの兄弟と比べても何か足りない気がするのは田宮之中比古の名が隠されてしまったからだよ。穴穂の名は穴穂に都を置いたことにちなむもので、その場所は現在の奈良県天理市田町。田町は、古くは「田」と呼ばれていて、田にあった都だから田宮なんだ。

日夏　兄弟順は同じでも男女が入れ替えられていたので、いままで誰も気づかなかったのね。

翔　次は五番目、軽大娘皇女＝藤原之琴節郎女とできるか。この二人が同一人物であることは記紀の記事を抜き出してみると理解できるよ。

①『古事記』は軽大娘皇女の別名が衣通郎女

②『日本書紀』は忍坂大中姫命の妹が衣通郎姫で、軽大娘皇女は忍坂大中姫命の娘

③『古事記』は忍坂之大中比売命の妹は藤原之琴節郎女

④『日本書紀』で允恭天皇は藤原に殿屋を建てて衣通郎姫を囲った

日夏　②の後半「軽大娘皇女は忍坂大中姫命の娘」を除い

■古事記による若野毛二俣王関係図

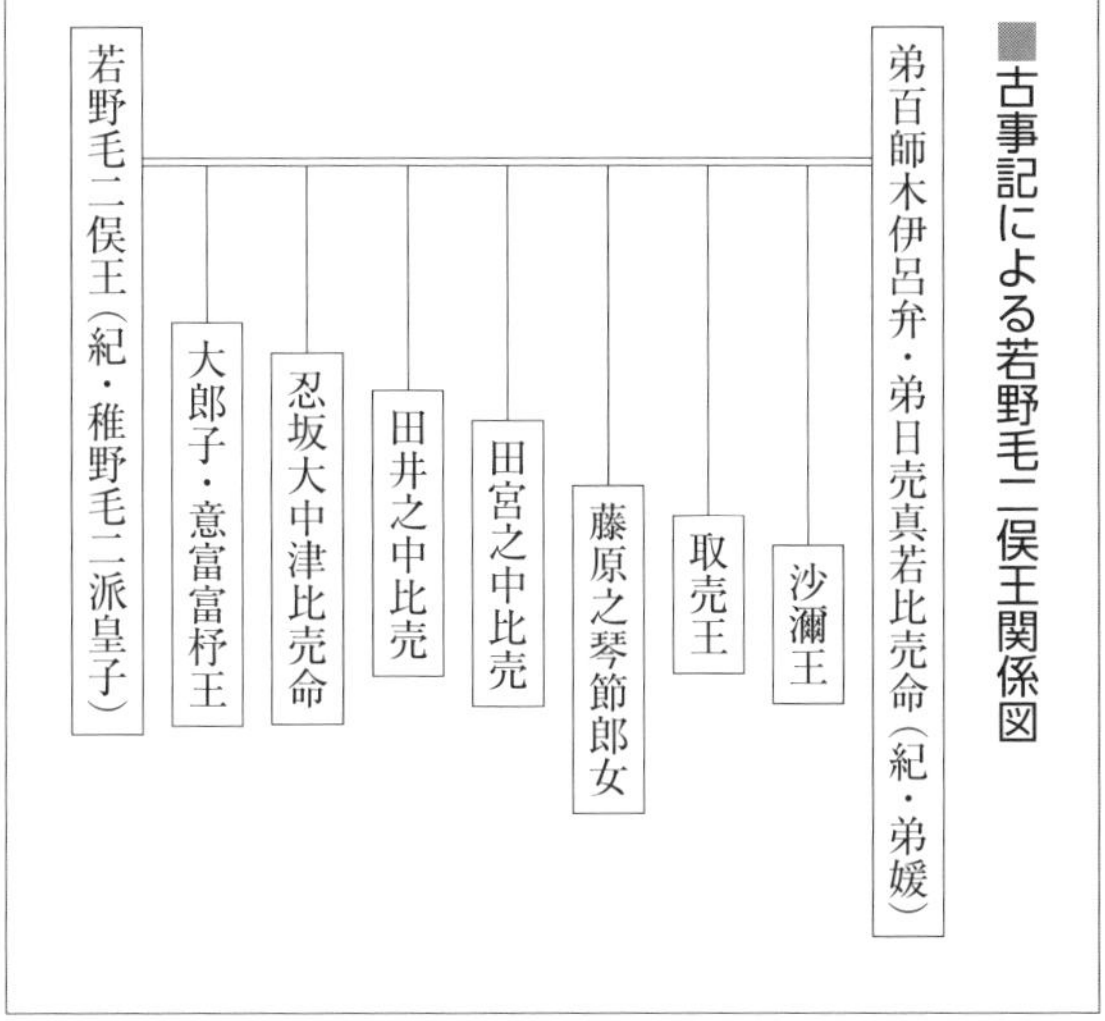

てしまえば、軽大娘皇女と衣通郎姫と藤原之琴節郎女が同一人物であると言っていることになるわけね。

翔　允恭天皇がしばしば藤原宮に通ったので臨月の皇后が怒る話があったね。このとき生まれたのが大泊瀬稚武天皇とあることから大泊瀬稚武が第一子とわかるんだ。太子の誕生であったから、いつ生まれたかが書かれたんだ。ほかの皇子、皇女の出生はまったく触れられていないよ。
木梨軽皇子の話をもう少し続けるよ。

- 古事記では木梨軽皇子が伊予の湯に流され、衣通郎姫があとを追ってともに死ぬ
- 書紀では軽大娘皇女が伊予に流され、皇子は自死する。一説で伊予に流される

■意富富杼王＝允恭天皇＝木梨軽皇子説による系図

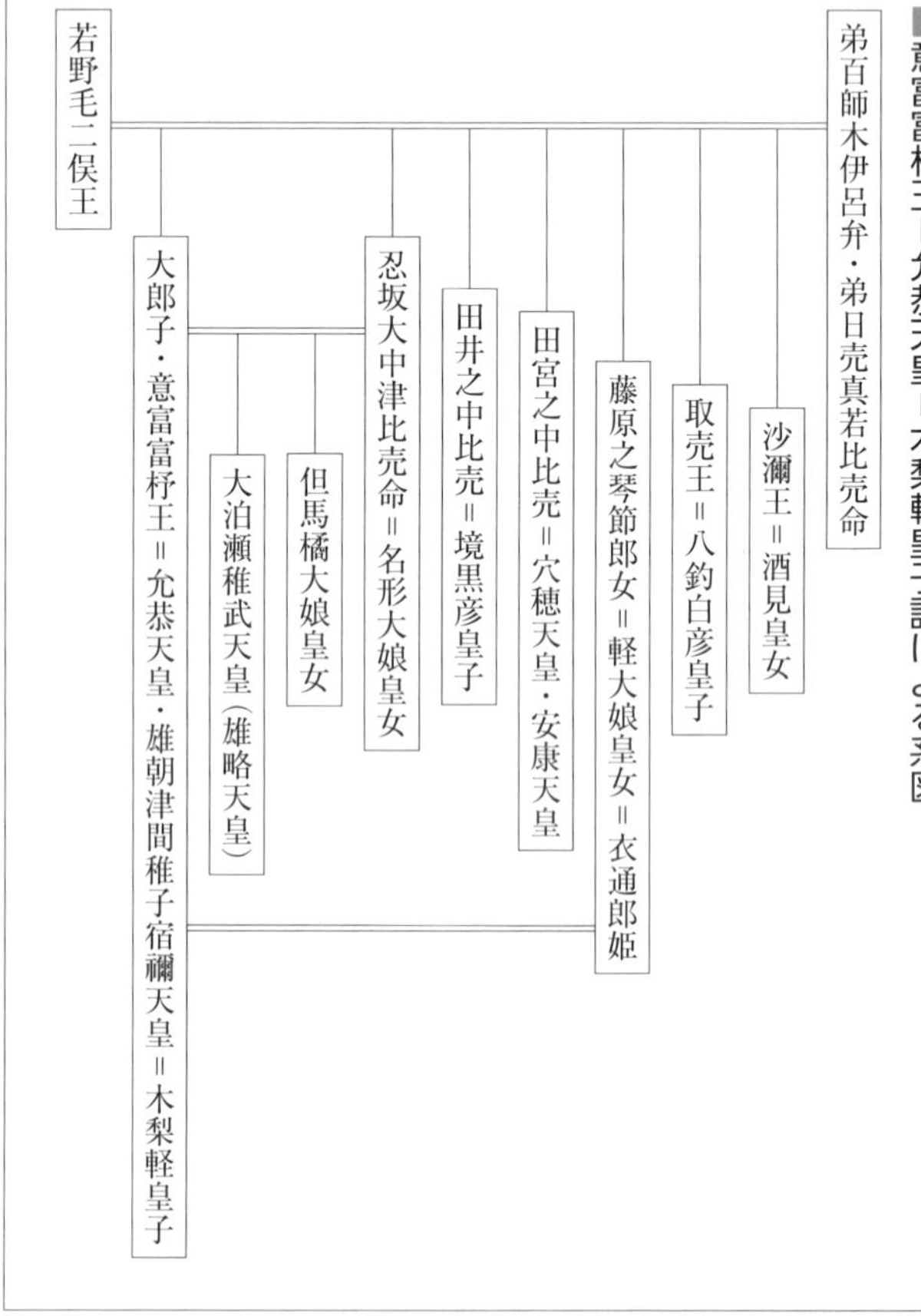

死に方もどちらが流されたかもはっきりしないのはウソの話だからだよ。流されたどころか二人は伊予に温泉旅行に行ったんだ。流された先が「伊予の湯」だもの。流刑地であれば「湯」はつけないよ。記紀ともに允恭天皇が伊予に行幸したとは書いていないが、允恭十四年に「淡路島に猟したまう」とあって、そこで天皇は桃の実ほどもある大きな真珠を手に入れているよ。この真珠こそ衣通郎姫のことで、二人は淡路島で待ち合わせて伊予まで足を延ばしたんだよ。

智彦　「衣通」は「背通」を暗示していたのか。「背（兄）が通ってくる」という意味だったんだ。

翔　六番目の八釣白彦皇子＝取売王で、七番目の沙瀰王＝酒見皇女だね。

さて来週は何を考えてきたらいいのかな。

日夏　ピンク石石棺はどうかしら。「ピンク石石棺は息長氏に関わる」とわたしが勝手に決めつけてしまったけれど間違ってないか確かめたいの。仮説を立てておいたわ。

①継体天皇陵とみられる今城塚《いましろづか》古墳からピンク石石棺片がみつかって以降、ピンク石石棺は「大王の棺」と呼ばれるようになった。しかしピンク石石棺がある古墳は中規模のものが多い。だから被葬者は大王や王ではない

②石棺の形式が刳抜式や長持型で、特に丁重に扱われていること、数が少ないこと、遺物に装飾品が多いことから被葬者は大王または王の近くで仕えた巫女

③天皇に仕えた巫女はほとんど息長氏。例として、仲哀天皇に気長足姫尊、応神天皇に息長真若中比《おきながまわかなかつひ》売《め》、允恭天皇に忍坂大中姫命と衣通郎姫、継体天皇に広媛《ひろひめ》、敏達天皇に広姫、用明天皇に石寸名《いしきな》。よって被葬者は息長氏の巫女

以上の仮説が成り立つかどうかと、あと「大仙古墳の被葬者は誰か」についても考えてみたいわ。

第4章

巨大古墳の推移と被葬者

日本書紀拾い読みⅢ

ピンク石石棺

智彦　まず、被葬者が女性かどうか。ピンク石石棺があったいくつかの古墳の状況だよ。

①熊本県宇土《うと》市の向野田《むこうのだ》古墳では残っていた人骨から、女性であることがはっきりしている

②天理市の別所鑵子塚《べっしょかんすづか》古墳は姫塚《ひめつか》古墳とも呼ばれていて女性が被葬者と思われる

③ほかの古墳でも花形飾りや耳飾り、金糸、ガラス玉などの装飾品が多い

④ピンク石石棺の伝がある滋賀県米原《まいばら》市の息長陵の被葬者は広姫（敏達天皇の皇后）とされている。ボクたちは被葬者を継体天皇妃の広媛と推定したが、どちらにしても女性

⑤植山《うえやま》古墳東石室の被葬者を広姫と推定したが、推定が正しければ女性

翔　確実なのは向野田古墳だけだが、ほかの古墳も男が葬られていた様子はないな。オレたちは「ピンク石石棺の被葬者は女性」ということにしておこう。次は大王または王に仕えた巫女かどうか。

智彦　王墓とみられる古墳の近くにあるピンク石石棺の古墳を表にするとこうなるよ。

表の説明をしておくね。「五中」「六前」などは古墳が造られた時期で、五世紀中頃、六世紀前半の意味だよ。そして「円」は円墳で、「方」は方墳、「方円」は前方後円墳のことなんだ。

■表1　王墓古墳とピンク石石棺の陪塚

大王墓または王墓とみられる古墳	ピンク石石棺がある陪塚とみられる古墳
市野山古墳（允恭天皇陵）五中、方円二三〇m	長持山古墳　五後、円四〇m
軽里大塚古墳（白鳥陵）五後、方円一九〇m	峯ヶ塚古墳　五末～六初、方円九六m
別所大塚古墳　六前、方円一二五m	別所鑵子塚古墳　六前、方円五七m
大安寺杉山古墳　五中、方円一五四m	野神古墳　五末～六前、方円約五〇m
天王山古墳　五末～六前、方円五〇m	円山古墳　六初、円二八m／甲山古墳　円三四m
西乗鞍古墳　五末、方円一一八m	東乗鞍古墳　六前、方円七五m

※円山古墳と甲山古墳は二つでセットとみられる

翔　古墳造成の時期や大きさからみて、陪塚《ばいちょう》とみられる古墳の被葬者は王と主従関係にあったとみてよさそうだな。大阪府高槻《たかつき》市にある今城塚古墳は継体天皇陵と考えられているが、天皇陵にピンク石石棺片が残されているのは例外だね。ところで軽里大塚《かるさとおおつか》古墳は宮内庁が白鳥《しらとり》陵に治定しているが、白鳥は日本武尊のことだろ。時期が全然ちがうじゃないか。日本武尊が崩じて一五〇年後の造成はないよ。もっとふさわしい被葬者候補はいないのか。

日夏　そうよね。百舌鳥《もず》古墳群の被葬者もおかしかったけれど、古市《ふるいち》古墳群にもあやしいものが多いわね。仲哀天皇陵も時期が合わないわ。

智彦　そのことはピンク石のあとで。次は被葬者が息長氏かどうか。ボクたちは植山古墳東石室の被葬者を息長氏の巫女広姫と推定したね。米原市にある息長陵の広姫は古墳名からして息長氏とわかるが、この古墳からピンク石石棺が出土したこと自体が伝承なんだ。ただ、公益財団法人滋賀県文化財保護協会の『紀要』第十九号によれば、明治五年に教務省の現地検察で古図を模写したものがあって、そのなかの石棺図は長持山《ながもちやま》古墳二号棺や野神《のがみ》古墳のピンク石石棺に似ているんだ。だから息長陵がピンク石石棺だったことは十分あり得るよ。もう一つ、長持山古墳の主墳である市野山《いちのやま》古墳は允恭天皇が被葬者とされているが、天皇自身が息長氏だよ。允恭天皇は雄朝津間稚子《おあさつまわくご》宿禰の名を持っているが「朝津間」は米原市朝妻のことで息長氏の本拠地なんだ。名に出身地を冠したんだ。長持山古墳の被葬者が忍坂大中姫であれば皇后にしてかつ息長氏の巫女ということになるね。断定はできないが日夏さんの説は当たっているように思うよ。

巨大古墳被葬者考

巨大古墳と関連古墳

日夏　次はあとまわしにした古市古墳群の被葬者について。

翔　この際、百舌鳥古墳群もいっしょに考えてみたらどう?

智彦　そう思って天皇陵と全長二〇〇メートル以上の古墳、それらに関係すると思われる古墳を表にしてきたんだ。造られたと思われる年代順に並べてあるよ。「推定被葬者」はボクの考えによるものだが、ほかの人が唱える被葬者と一致するものもあるよ。この「推定被葬者」の欄は伏せておいてあとの説明のときにみてほしいんだ。「◎」は宮内庁治定の被葬者と一致するしるし。「崩薨年①」は宮内庁治定の被葬者が没したと思われる年。「崩薨年②」はボクが推定する被葬者の没年だよ。

翔　ずいぶんたくさんあるな。オレの頭に入るかな。

智彦　一つずつみていくから大丈夫だよ。

■表2　古墳の被葬者

百舌鳥古墳群	時期、形、全長、特徴、所在地	宮内庁による	崩薨年①	推定被葬者	崩薨年②
①御廟山古墳	五前、方円、二〇三m、二重周濠 陪塚あり、堺市北区百舌鳥本町	（陵墓参考地）		大山守皇子	四二三
②上石津ミサンザイ古墳	五前、方円、三六五m、二重周濠 陪塚一〇以上、堺市西区石津ヶ丘	履中天皇陵	四七〇	仁徳天皇	四六七
③いたすけ古墳	五前・中、方円、一四六m、周濠 陪塚あり、堺市北区百舌鳥本町			根鳥皇子	？
④田出井山古墳	五中、方円、一四八m、二重周濠 陪塚二、堺市北区三国ヶ丘	反正天皇陵	四七三	住吉仲津皇子	四六七
⑤大仙古墳	五中、方円、四八六m、二重周濠 陪塚一〇以上、堺市堺区大仙町	仁徳天皇陵	四六七	履中天皇	四七〇
⑥土師ニサンザイ古墳	五後・末、方円、三〇〇m、二重周濠 陪塚三以上、堺市北区百舌鳥西之町	（陵墓参考地）		反正天皇	四七三

古市古墳群	時期、形、全長、特徴、所在地	宮内庁による	崩薨年①	推定被葬者	崩薨年②
⑦津堂城山古墳	四後、方円、二〇八m、二重周濠 陪塚なし、藤井寺市津堂	（陵墓参考地）		仲哀天皇	三六八
⑧仲津山古墳	四後・五前、方円、二九〇m、周堤 陪塚あり、藤井寺市沢田	仲津姫命陵	？	応神天皇	四二三

⑨誉田御廟山古墳	五前、方円、四二五m、二重周濠 陪塚五以上、羽曳野市誉田	応神天皇陵	四二三	宇治天皇 （菟道稚郎子）	四二四
⑩墓山古墳	五前、方円、二二五m、二重周堤 陪塚四、羽曳野市白鳥	（応神陵陪塚）		稚野毛二派皇子	？
⑪市野山古墳	五中・後、方円、二三〇m、 二重周堤・陪塚多、藤井寺市国府	允恭天皇陵	四九四	◎允恭天皇	四九四
⑫軽里大塚古墳	五後、方円、二〇〇m、幅広周堤 羽曳野市軽里	日本武尊白鳥陵	三一四	安康天皇	四九六
⑬岡ミサンザイ古墳	五後・六初、方円二四二m、幅広周濠 陪塚あり、藤井寺市藤井寺	仲哀天皇陵	三六八	雄略天皇 （高部皇子）	五〇七
⑭白髪山古墳	六前、方円、一一五m、二重周濠 陪塚あり、羽曳野市西浦	清寧天皇陵	五一〇	◎清寧天皇	五一〇
⑮野中ボケ山古墳	六前、方円、一二二m、周濠 藤井寺市青山	仁賢天皇陵	五一七	◎仁賢天皇	五一七
⑯高屋築山古墳	六前、方円、一二二m、周濠 羽曳野市古市	安閑天皇陵	五三五	◎安閑天皇	五三五
⑰島泉丸山古墳	時期不明、方+円、一二六m 羽曳野市島泉	雄略天皇陵	五〇七	？	

他の注目古墳等	時期、形、全長、特徴、所在地	宮内庁による	崩御年①	推定被葬者	崩御年②
⑱境目谷古墳	時期不明、円、奈良市法蓮町	大山守命墓	四二三	？	
⑲菟道稚郎子宇治墓	時期不明、円丘、宇治市菟道丸山	菟道稚郎子墓	四二四	？	
⑳大和宝来城	時期不明、方丘、奈良市宝来	安康天皇陵	四九六	？	
㉑鳥屋ミサンザイ古墳	六前、方円、一三八m、 周濠、橿原市鳥屋町	宣化天皇陵	五三九	星川皇子	五〇七

㉒高屋八幡山古墳	六前、方円、九〇m、周濠、羽曳野市古市	春日山田皇女陵		宣化天皇	五三九
㉓河内大塚山古墳	六中・後、方円、三三五m、周濠、松原市・羽曳野市	（陵墓参考地）		斯我君（淳陀太子）	五二四
㉔平田梅山古墳	六後、方円、一四〇m、周濠、明日香村	欽明天皇陵	五七〇	箭田珠勝大兄皇子	五五二
㉕五条野丸山古墳	六後、方円、三一〇m大（三三〇？）、周濠、橿原市五条野町	（陵墓参考地）		欽明天皇	五七〇

百舌鳥古墳群

智彦　まず、百舌鳥古墳群から。②上石津《かみいしづ》ミサンザイ古墳と⑤大仙古墳は②の方が先に造られているのに、仁徳天皇の次の履中天皇が被葬者にされているんだ。書紀の仁徳六十七年十月に「河内石津原に陵地を定める」とあることからも石津ヶ丘にある②が仁徳陵で、あとで造られた⑤が履中陵だよ。

日夏　日本最大の古墳と三番目の古墳の被葬者が入れ替わっているのね。

智彦　次は④田出井山《たでいやま》古墳と⑥土師《はぜ》ニサンザイ古墳。④は履中陵に続く天皇陵としては小さすぎるよ。ほかに巨大古墳がないのであれば考える余地もないが、百舌鳥古墳群には④よりずっと大きい⑥があるのだから⑥を反正陵としたいね。古事記に反正天皇の陵は「毛受野」とあるから④の三国ヶ丘では場所も違うよ。それに天皇陵でもなく被葬者もわからない巨大古墳⑥が存在すること自体がおかしいよ。百舌鳥西之町の⑥を反正陵とすれば場所と大きさの謎は解消されるよ。では④の被葬者は誰かという疑問は残るけれどね。ボクは④に履中天皇と皇位を争って敗れた住吉仲《すみのえのなかつ》皇子が葬られたとみているんだ。古墳が造られた時期も大きさも納得できるものだよ。次は①御廟山《ごびょうやま》古墳と③いたすけ古墳。①

の被葬者を仁徳天皇異母弟の大山守皇子《おおやまもり》とみるよ。大山守皇子は仁徳天皇即位前に菟道稚郎子《うじわきのいらつこ》と皇位を争って敗れているので、②より先に造られた①で時期的に矛盾しないし大きさも見合うよ。

日夏　古事記に大山守皇子は那羅山に葬られたとあったわ。

智彦　それは⑱境目谷古墳《さかいめだに》のことで、奈良市の佐紀楯列古墳群《さきたたなみ》のなかにあるんだ。⑱の被葬者は大山守皇子ではないよ。理由は次のとおりだよ。

●百舌鳥古墳群の①から⑥を見ての通り、大山守皇子が被葬者であれば大きな前方後円墳が見込まれるが、⑱は小さな円墳

●佐紀楯列古墳群の多くの円墳は四世紀後半のもの。四二三年以降の造成は疑問

●仁徳天皇の近親は百舌鳥古墳群に葬られているのに大山守皇子だけ遠く離れた佐紀楯列古墳群に葬られることは考えにくい

だから、仁徳天皇とは違う一族のものと考えられるんだ。

それから、③いたすけ古墳の被葬者を仁徳天皇同母弟の根鳥皇子《ねとり》とみるよ。根鳥皇子の薨去年は不明だが、古墳が造られた順からみておかしいものではないよ。

日夏　なるほどね。智彦の言うとおりかも。だんだん、そのような気がしてきたわ。

翔　⑥が反正陵で、反正天皇のあとは応神系の允恭天皇に政権が移ったので陵域も古市に変わったということか。だから⑥が百舌鳥で最後の巨大古墳になったんだ。

古市古墳群

智彦　では古市古墳群に入るね。まずは⑦津堂城山古墳《つどうしろやま》。この古墳は百舌鳥・古市の二つの古墳群のなかで最も古い巨大古墳なんだが、陪塚がないことから大王のものではないとされているよ。被葬者の候補

さえ挙げられていないが、ボクは仲哀天皇とみているんだ。

翔　仲哀陵に治定されているのは⑬岡ミサンザイ古墳だよな。

智彦　そうなんだが⑬は仲哀天皇崩御から百数十年あとのものだから間違っているよ。では⑬の被葬者は誰かということになるが、それはあとで。先に⑦の被葬者を仲哀天皇とみた理由だよ。

●⑦が仲哀天皇崩御から二、三十年あとになったのは神功皇后が大和に入ってから造り始めたため

●陪塚がないのは崩御から時がたっていて陪塚に葬られるべき人がいなかったから

●仲哀天皇は香椎廟に葬られていて、⑦は河内で祭祀を執り行うために造られた

翔　⑦は遺体が葬られることなく、祭祀のためだけのものかもしれないんだな。

日夏　仲哀天皇を祭っていることを国民に見せる意味があったのかな。または仲哀天皇の祟りを恐れて祭ったということもあるかもね。

智彦　次は⑧仲津山《なかつやま》古墳と⑨誉田御廟山《こんだごびょうやま》古墳。応神陵とされている⑨よりも⑧が古いんだ。応神天皇の前に該当する天皇がいないので、苦し紛れに仲津《なかつ》姫を被葬者にしたんだ。大和王朝最初の巨大古墳⑧には大和最初の天皇が葬られていると素直に考えたらいいんだ。⑧こそ真の応神陵だよ。

日夏　すると⑨に見合う天皇がいなくなるわ。応神天皇に続く天皇にはそれぞれ陵がそろっているもの。

翔　わかった。被葬者は宇治天皇だな。応神天皇の子で即位しないまま自死したことになっている菟道稚郎子のことだよ。本当は即位していたのに殺されてしまったので古市古墳群最大の⑨が造られたんだ。しかし記紀は菟道稚郎子は即位せず、宇治天皇は存在しないことにしたので陵があってはまずいわけだ。そのため真の応神陵の被葬者を仲津姫に、宇治陵の被葬者を応神天皇にすり替えたんだ。

智彦　正解。⑧を応神陵、⑨を宇治陵とすれば造られた順序の矛盾はなくなるよ。

日夏　そうか。宇治天皇の存在を忘れていたわ。

智彦　⑧の被葬者が仲津姫でない理由を挙げておくね。

●このように巨大な古墳に葬られた女性の例がない。神功皇后陵とされている五社《ごさし》神古墳は二七五メートル。ボクたちが神功皇后陵と考えている島の山古墳は二〇〇メートル。飯豊青《いいとよあお》皇女陵とされている北花内三歳山《きたはなうちさんざいさん》古墳は九〇メートル。手白香《たしらか》皇女陵とされている西殿塚《にしとのづか》古墳は二三四メートル、手白香皇女の真陵とみられる西山塚《にしやまづか》古墳は一一四メートル

●皇后や妃は天皇陵合葬も考えられ、巨大な仲津姫陵が造られること自体疑わしい

●記紀に仲津姫薨去の記事がないので応神天皇より先に死んだとは考えにくい。であれば応神天皇より先に陵が造られるはずがない

●仲津姫は仁徳天皇の母ではあったが、応神天皇の皇后ではなかったので古市エリアに陵が造られるはずがない。あるとすれば百舌鳥エリア（これはボクたちの説）

翔　古市にあることで、仲津姫が被葬者でないことは決定的だな。

智彦　補足しておくよ。京都府宇治市に⑲菟道稚郎子宇治墓があるが、古墳であるかどうかさえ定かではないんだ。前方後円墳のようではあるが、これは明治になって円丘を改造したからで、菟道稚郎子が被葬者であれば、もとから前方後円墳だよ。

翔　菟道稚郎子は父、応神天皇の陵⑧のそばに自分の陵⑨を造ったわけだ。

智彦　次は⑩墓山《はかやま》古墳と⑪市野山《いちのやま》古墳。⑩は応神陵の陪塚とされているが⑩自体、陪塚をもっているんだ。陪塚をもつ陪塚は考えられないから応神陵の陪塚とするのは誤りだと思うよ。⑪を允恭陵とすることに異論はないよ。

翔　おっ。初めて宮内庁と一致した。

智彦　⑪を允恭陵とみる理由は、陪塚の長持山古墳にピンク石石棺があったからだよ。允恭天皇も皇后の忍

翔　坂大中姫も息長氏で、石棺が長持形でかなり身分が高い人のものと考えられるから忍坂大中姫を被葬者とみたんだ。ならば⑪の被葬者は允恭天皇ということだよ。長持山古墳に隅田八幡神社人物画像鏡の原鏡があったことも理由の一つになるよ。画像鏡は允恭天皇に贈られたものだもの。

智彦　すると⑪より前に造られて、⑪と同形同大の⑩の被葬者は誰かという疑問が湧いてくるぞ。この時期に該当する天皇がいないからな。

翔　ボクは⑩の被葬者を允恭天皇の父の稚野毛二派《わかぬけのふたまた》皇子とみたんだ。稚野毛二派皇子は応神天皇の子だから本人が天皇でなくとも父親と息子が天皇であれば大規模古墳でおかしくはないよ。

智彦　允恭天皇が父親の陵と自分の陵を同じような形と大きさにしたということか。

翔　次は⑫軽里大塚古墳と⑳大和宝来城《ほうらいじょう》。⑫は日本武尊白鳥陵とされているが、あまりにも時期がずれていて日本武尊陵とは考えがたいよ。時期が見合うのは安康天皇だよ。安康陵は⑳とされているが、この頃の天皇で理由もわからないまま、ただ一人だけ奈良市内の陵はおかしい。しかも⑳は前方後円墳でないばかりか、墓であるかどうかさえ定かではないんだ。

日夏　何か理由があって⑫が安康陵であることが隠されたのでしょうね。隠しながらも気がつくように、わざと大きく時期の違う日本武尊を被葬者にしたのではないかしら。

智彦　それに書紀ではすでに仁徳六十（四五四）年に白鳥陵が出ているよ。仁徳天皇が白鳥陵の陵守たちを役夫として使おうとしたとき陵守の目杵《めき》がたちまち白鹿となって走り去った。これを見た天皇は「この陵、もとより空し。ゆえにその陵守を止めて役夫に指名したが今の怪異を見るに恐れ多いことを知った。陵守はそのままとする」とのたまう、とあるんだ。このことから白鳥陵は四五四年時点で管理を廃止されようとするくらい古いことがわかるよ。ならば四世紀後半の⑦が真の白鳥陵と考えられるね。

翔　仁徳天皇が「もとより空し」と言ったのは、⑦には遺体が埋葬されてなかったからだろうな。

智彦　次は⑬岡ミサンザイ古墳と⑰島泉丸山古墳《しまいずみまるやま》。⑬は仲哀陵とされているが、ボクたちは⑦を仲哀陵とみたんだ。では⑬の被葬者は誰か。時期的に雄略天皇が考えられるよ。雄略天皇は⑰に治定されているが、⑰は前方後円墳ではなくて円墳と方墳の二つの古墳を合わせたものなんだ。それに記紀ともに雄略陵は丹比高鷲原《たじひのたかわしのはら》となっているのに⑰は高鷲から遠いよ。⑬は西側が高鷲に接しているんだ。

日夏　雄略陵は⑬で決まりね。

ミサンザイ古墳

翔　さっきから気になっていたんだが、ミサンザイやニサンザイって何なんだ?

智彦　そのように呼ばれている古墳は四基あるよ。

●上石津ミサンザイ古墳：履中天皇陵（宮内庁による）
●土師ニサンザイ古墳：陵墓参考地（同右）
●岡ミサンザイ古墳：仲哀天皇陵（同右）
●鳥屋《とりや》ミサンザイ古墳：宣化天皇陵（同右）

学者も当該古墳がある自治体も「みささぎ」の転訛としているよ。でも違うんだ。「みささぎ」が転訛したのであれば、このあたりの大古墳は全部「〇〇ミサンザイ古墳」と呼ばれているはずだよ。ボクは鳥のミソサザイに由来すると考えているんだ。

日夏　「みささぎ」よりミソサザイの方がミサンザイに近いわね。

智彦　ミソサザイの古名はササギだよ。仁徳天皇の名が大鷦鷯《おおさざき》だからミサンザイは仁徳天皇にちなむものなんだ。ボクたちは②上石津ミサンザイ古墳を仁徳陵とみたが、古墳の名も仁徳天皇を指していたんだ。

日夏　ほかのミサンザイ、ニサンザイ古墳はどう考えるの？

智彦　造成順にいくよ。⑥土師ニサンザイ古墳を反正陵とみたよね。反正天皇は仁徳天皇の子だから、その陵がミサンザイと呼ばれてもおかしくはないよ。実際はニサンザイだけれどね。次が⑬岡ミサンザイ古墳で、ボクたちは雄略陵とみたよ。

日夏　雄略天皇は仁徳天皇や反正天皇とは遠い血筋よ。間違えてないかしら。

翔　いや、いいんだ。雄略天皇があまりに暴虐だったので葛城山《かつらぎ》での狩りのとき人が入れ替わったのだったよ（拙著『探証　日本書紀の謎』参照）。それが誰なのかここで明かされるんだ。当然、仁徳系の皇子だろうな。

智彦　正解。雄略天皇（大泊瀬稚武）と入れ替わったのは反正天皇の子の高部《たかべ》皇子だよ。高部の字では気がつきにくいが「タカベ」はコガモの古名なんだ。⑬は父親の都があった丹比に造られたんだ。

日夏　すると、㉑鳥屋ミサンザイ古墳の被葬者も仁徳系ということかしら。

智彦　そう、㉑は宣化天皇陵とされているが、造られたのは宣化天皇崩御よりもう少し前のようなんだ。宣化天皇は宣化四（五三九）年の崩御だよ。㉑の造成を五世紀末とする説もあって被葬者は別にいると考えるよ。ボクは入れ替わり後の雄略天皇（高部皇子）の子の星川《ほしかわ》皇子とみているよ。星川皇子は雄略天皇崩御のとき、清寧天皇との皇位争いに敗れて殺されたんだ。書紀は㉑を宣化陵としながら「鳥屋ミサンザイ」と呼ぶことによって本当の被葬者は仁徳系の人であることを暗示したんだ。

日夏　書紀には「皇后の橘皇女とその孺子《じゅし》とを合葬した」とあったわ。

智彦　そうなんだが、本当に橘皇女の子であればちゃんと名前が書かれているはずだよ。名前がわからない皇子なんていないよ。孺子としたのは名を書けなかったからで、合葬されたのは雄略天皇妃の吉備稚《きびのわか》媛《ひめ》とその子、星川皇子なんだ。星川皇子は清寧天皇と皇位を争ったことになっているが争ったのは母

翔　親の吉備稚媛で、このとき星川皇子は六歳前後だよ。

日夏　だから孺子なのか。孺子は幼児のことだよな。星川皇子にも鳥に擬した名があったのか。

翔　「鳥屋」では鳥の種類はわからないわ。「星川」も鳥に関係なさそうね。

智彦　星川は天の川で、鳥はカササギではないかな。カササギは天の川で織姫と彦星の橋渡しをするんだ。

翔　惜しい。サギはサギでもゴイサギなんだ。ゴイサギの古名は「ウスベ」で、夜ガラスとも呼ばれるように夜行性で星明りの空をしずかに滑空するんだ。幼鳥は全身に白っぽい斑点があって斑点を「ホシ」、幼鳥を「ホシゴイ」と呼ぶよ。このことから星川の名がつけられたんだよ。

智彦　そうすると次に宣化天皇の陵はどこかという疑問が生じてくるぞ。

日夏　それはあとで出てくるよ。

智彦　話を戻すようで悪いけれど、反正天皇に鳥の名はついていなかったの？

日夏　陵地が「高鷲原」とあるから「タカ」と考えているよ。

智彦　高鷲なら「ワシ」ではないの？

「高」が「タカ」の意味なんだ。書紀の仁徳四十三年「初めて鷹狩をした」ともあるから仁徳天皇が子にタカの名をつけることはあり得るよ。反正天皇が生まれたとき、歯が一枚につながっていたので瑞歯別の名がついたとあったが、これはタカのくちばしのことを言ったものなんだ。

清寧天皇関連古墳

智彦　次は⑭白髪山《しらがやま》古墳と⑮野中《のなか》ボケ山古墳に⑯高屋築山《たかやつきやま》古墳。三つの古墳の被葬者は宮内庁治定のとおりとみるよ。この頃になると天皇陵であっても、だいぶ小さくなっているね。ただ、形は前方後円墳を保っているよ。仁賢天皇と安閑天皇は清寧天皇の子だから、三つの古墳は近くなんだ。次が後回しにしておいた㉑鳥屋ミサンザイ古墳と㉒高屋八幡山古墳。㉑は時期が少し合わないことはすでに言ったが、仮に被葬者を宣化天皇とすると、父や兄達の陵より大きなものになってしまうよ。一人だけ橿原市を陵地とする理由もわからないよ。被葬者が星川皇子であれば大きさに問題はないし造成時期も合うんだ。㉒は春日山田《かすがのやまだ》皇女陵とされているが、書紀で皇女は「安閑天皇陵に合葬」となっているから陵が造られるはずがないよ。もっと言うと、春日山田皇女は手白香皇女の別名であり、手白香皇女陵は別にあるのだから㉒に葬られるはずがないんだ（拙著『探証　日本書紀の謎』参照）。では㉒の被葬者は誰かということになるが、宣化天皇であれば大きさも時期もちょうど合うよ。それに宣化天皇も兄達とともに父親の近くに葬られたことになるから場所の疑問も解消されるんだ。

日夏　古市古墳群の大古墳の被葬者候補は全部そろったわけね。古墳の造成時期と候補者の崩薨順に矛盾はないようね。

翔　後出しになったが一つ確認しておくよ。書紀で安閑天皇と宣化天皇は継体天皇の子となっているが、オレたちは清寧天皇の子とみたのだったな。

日夏　そうよ。理由は二つあったわ。二人の天皇と継体天皇は生まれた年が近く、親子とは考え難いこと、名につながりがみられないこと。清寧天皇が父であれば年齢的矛盾は生じないし、名も親子であることを示しているわ。名は清寧天皇＝白髪武広国押稚日本根子《しらがのたけひろくにおしわかやまとねこ》、安閑天皇＝広国押武金日《ひろくにおしたけかなひ》、宣化天皇＝武小広国押盾《たけおひろくにおしたて》ね。

欽明天皇関連古墳

智彦　最後が㉓河内大塚山《かわちおおつかやま》古墳と㉔平田梅山《ひらたうめやま》古墳に㉕五条野丸山《ごじょうのまるやま》古墳。五世紀中頃から古墳の規模は縮小傾向にあって、六世紀には天皇陵でさえ百数十メートルになってしまうよ。ところが六世紀も半ばを過ぎて突然、巨大古墳が復活するんだ。㉓と㉕の二つだけだけれどね。復活の理由も謎だよ。被葬者候補も㉓はまったく不明のお手上げ状態なんだ。㉔を欽明陵でよしとする学者と㉕の方を欽明陵とする学者がいるよ。

翔　欽明陵が㉔はないだろ。仮にそうだとすると欽明天皇よりはるかに大きな古墳を造った人物が二人もいたことになってしまうよ。それはないよ、㉕を欽明陵とみるべきだよ。

智彦　ボクもそう思うよ。突然巨大古墳が復活した理由は欽明天皇が百済王子の子で、それまでの陵の造り方にとらわれなかったからだよ。蘇我氏の力を背景に巨大古墳を造ったんだ。㉔の被葬者は欽明天皇の長子で夭逝した箭田珠勝大兄《やたのたまかつのおおえ》皇子だよ。

翔　㉓が最後に残ったが、これはオレにも想像できたね。かつて允恭天皇が父親と自分の陵を同形同大にしたことを思い出せばいいんだ。すると㉓は欽明天皇の父親の斯我君《しがきし》（淳陀太子《じゅんだたいし》）が被葬者で、欽明天皇が父親のために造ったということになるんだな。

智彦　正解。だから二つの古墳は形や大きさのほかにも似た特徴をもっているんだ。前方部が低く大きく広がっていることや、埴輪や葺石が見当たらないことなどね。以上で百舌鳥・古市古墳群に関わる疑問点の説明を終わるよ。

日夏　来週も課題を三つ用意したわ。「小野妹子は実在したか」と「間人皇女の政治の形跡」、「持統天皇の吉野行幸の意味」について。わたしたちは小野妹子の名を借り物と考えたわ。誰から借りてきたのか、妹子は実在したのか検討してみたいわ。次に間人皇女を斉明天皇と天智天皇のあいだの「中継ぎ天皇」と考えたのだけれど、どこかにその形跡が見えないか、最後は持統天皇が吉野に何度も行幸したのはなぜか、以上よ。

第5章 推古天皇から持統天皇まで

日本書紀拾い読みⅣ

小野妹子

日夏　小野妹子は「第二回遣隋使の大使で、隋の使節を伴って帰国。魏では蘇因高《そいんこう》と呼ばれていた」とあったわ。しかしわたしたちは妹子と蘇因高は別人で、蘇因高に近い名の人物として探し出されたのが妹子と考えたのね。だから遣隋使ではなかったけれど実在したと思うのよ。

智彦　実在したが、第二回遣隋使（六〇七年）の頃の人ではなかったと思うよ。仮にその時代の人であれば、地位のことや新羅に遣わされただとか外国の使人を饗応したなどと経歴が記されているはずだよ。ところがその時代の人ではなかったので書紀は遣隋使以外のことには触れていないんだ。

翔　オレもそう思う。書紀は隠し通したが、続紀に妹子の正体が垣間見えるんだ。「和銅七年四月十五日中納言、従三位兼中務卿、勲三等の小野朝臣毛野《けぬ》が薨じた。毛野は小治田《おはりだ》朝の大徳冠、小野妹子の孫で、小錦中小野毛人《えみし》の子である」とあるからね。妹子と毛人、毛野の三人についてわかっていることを並べるよ。まず、孫の「毛野」から。

持統九（六九五）年七月　新羅に使いとして遣わされる直広肆小野朝臣毛野らに物を賜わった
　　　　　　　　　九月　小野朝臣毛野らが新羅に出発した
慶雲二（七〇五）年十一月　正四位上の小野朝臣毛野を中務卿にする
　　四（七〇七）年六月　殯宮の行事に仕える
和銅元（七〇八）年三月　中納言に任じる
　　二（七〇九）年正月　従三位を授ける
和銅七（七一四）年四月　中納言（中略）小野朝臣毛野が薨じた

次が毛野の父の「毛人」。毛人は書紀、続紀ともに年代に触れた記事はなく、墓誌から天武六（六七七）年十二月に没したことだけわかっているよ。そして「妹子」。

推古十五（六〇七）年七月　大礼小野妹子を大唐に遣わした
　　十六（六〇八）年四月　小野妹子が大唐から帰国した
　　　　　　　　　九月　再び小野妹子臣を大使とし、唐の客に随行させた
　　十七（六〇九）年九月　帰国した

毛野が活躍したのが七〇〇年前後で、毛人の活躍は六七〇年代とみられるよ。ところが妹子は六〇〇年代初期だから間が空きすぎなんだ。毛人が六七〇年代の人であれば妹子は六四〇年代の活躍だよ。

智彦　結論は「妹子は実在したが七世紀中頃の人で、遣隋使ではなかった」でいいね。

間人皇女

日夏　わたしたちは間人皇女を中継ぎの臨時天皇と考えたわ。「間人」は中継ぎのことで「中皇命」も同じ意味とみたのね。ところが天皇としての実績が表面上、何もないの。間人皇女が天皇であった形跡がどこかに隠れてないかしら。

智彦　中大兄皇子（のちの天智天皇）は斉明天皇崩御のあと称制《しょうせい》を行うとして七年間即位してないよ。この称制の期間に臨時天皇だったのではないかな。ただ皇女は天智四（六六五）年に薨じているから、即位（天智七［六六八］年）まで三年の空位期間ができてしまうね。

翔　オレも書紀を読み直してみたが「間人皇女が行った政治」は見当たらなかったな。関わりがありそうな記事を並べてじっくり考えてみるか。

日夏　斉明天皇崩御から天智天皇即位までを抜き出してみるわね。

斉明七（六六一）年七月　崩御。皇太子は称制を行った
天智元（六六二）年五月　百済王子豊璋《ほうしょう》を百済に送る
　　二（六六三）年八月　白村江で敗戦
　　三（六六四）年　筑紫等に防《さきもり》と烽《とぶひ》を置く。水城《みずき》を築いた
　　四（六六五）年二月　間人皇女薨去。三月、皇女のために三三〇人得度させた
　　六（六六七）年二月　斉明天皇と間人皇女を小市岡上陵《おちのおかのうえのみささぎ》に合葬した
　　　　　　　　　　　この日、大田皇女を陵の前の墓に葬った

七（六六八）年正月　即位。ある本には六年三月に即位とある
三月　近江に遷都

智彦　ボクたちは中大兄皇子と豊璋を同一人物と考え、皇子が百済救援のために朝鮮半島に渡ったので、あとの政治を間人皇女が執ったと考えたんだ。だが防や烽を置いたのは間人皇女ではなく中大兄皇子だろうね。皇子は天智三年には日本に戻っていたんだ。

翔　そのあとすぐに間人皇女は死んでしまったのか。ん？　何かヘンだな。死んだのに大勢の人を出家させるなんておかしくはないか。

日夏　そうね。病気平癒を願って出家させた記事はいくつか見たけれど、死後についてはどうだったかしら。ちょっと調べてみるわ。

推古二十二（六一四）年八月　大臣（蘇我馬子）の病に、病気平癒を祈るため千人出家させる
天武九（六八〇）年十一月　皇后（持統天皇）の病に、薬師寺建立、百人得度させたところ平癒
天皇の病に、百人得度させたところ平癒
天武十一（六八二）年八月　日高皇女《ひだか》（元正天皇）の病に、一九八人赦免、百四十余人出家させる
朱鳥元（六八六）年三月　大弁官直大参羽田真人八国の病に、三人得度
八月　天皇の病に八十人得度。翌日百人得度

翔　ほうら。死んだあとで祈っても生き返るはずはないもの。間人皇女のための三三〇人得度は皇女が生きていることを示しているんだ。何だか面白くなってきたぞ。

智彦　実は間人皇女は天智五（六六六）年四月の時点では生きていたようなんだ。聖徳太子にゆかりがある野中寺《やちゅうじ》の菩薩像台座に「丙寅年（六六六）四月、中宮天皇の病気平癒を願って造る」とあることを、ネット検索して偶然に見つけたんだ。だからこのとき皇女は生きていたんだ。

日夏　臨時天皇の形跡が見つかったのね。わたしたちは間違ってなかったんだわ。でも間人皇女が生きていたこと自体が新たな謎ね。

翔　斉明天皇と間人皇女を合葬したあと、すぐに遷都してるだろ。この遷都が解明の鍵だな。天智六（六六七）年三月に都を遷すこと、その前に斉明天皇を葬ることは決まっていたんだ。ところが葬儀の直前に間人皇女が死んでしまったので二人をいっきに葬ったわけだよ。皇女は二年ほど前から病が重く、死後は斉明天皇陵に追葬することが予定されていたけれど、その死が遷都の直前で殯の期間がとれなかったんだ。そのため書紀は皇女の死を二年さかのぼって殯の期間を十分とったようにみせかけたんだ。

智彦　天智天皇の即位も「ある本の六年三月」が本当だろうね。遷都と同時の即位の方が納得できるよ。

日夏　そうであれば空位期間はほとんどなかったことになるわ。あとね、斉明天皇と間人皇女の合葬は理解できるの。でも、二人の陵の前に大田皇女を葬った理由がわからないわ。

智彦　斉明天皇と間人皇女の陵は八角形墳で牽牛子塚《けんごしづか》古墳と呼ばれているよ。大田皇女の墓はすぐ近くで越塚御門《こしつかごもん》古墳と呼ばれているんだ。二つの古墳の石室は直線距離で二〇メートルしか離れていないよ。接しているというより牽牛子塚古墳の墳丘基礎部分に越塚御門古墳を付け足したような感じだね。

翔　間人皇女の死は予想されていたが大田皇女は急死だったんだ。墓の場所を選定する余裕も造成の時間もなかったので、造成中の陵の基礎部分に急遽、床石を据えて墓にしたんだ。工事従事者も新たな選出ではなく、陵造成の人たちが兼務したんだろうな。

吉野行幸

日夏　次は持統天皇の吉野行幸。一般に「吉野は天武天皇との思い出の地であったから繰り返し訪れた」と考えられているわ。しかし書紀には持統天皇が昔を偲ぶ様子も天武天皇への祭祀を執り行ったとも何も書かれていないの。何かヘンよ。

翔　吉野行幸はオレたちの研究課題として適当ではないよ。もっとも、天皇に何度も行幸されては周りが迷惑しただろうがな。

日夏　翔は重要でないと考えるの？　行幸は三十一回よ。何か深い意味があったに違いないわ。思い出の地というだけでは多すぎるわ。

翔　では説明するよ。書紀はおおやけにはできない何か重要なできごとがあったとき、その直前か直後に関連する話をさりげなく挿入していただろ。白髪皇子立太子のあとに浦嶋の話が続いたのを思い出してよ。持統天皇が吉野に初めて行幸したのは三（六八九）年正月十八日だね。その直前の三日、「陸奥の蝦夷、脂利古《しりこ》の子の麻呂《まろ》と鉄折《かなおり》が出家を願っていると聞いた天皇が『二人は若いが、みやびであり欲深くもない。望みどおりにさせなさい』と詔した」とあったよ。その後七月一日に「陸奥の蝦夷沙門、自得の請うままに薬師仏像、観世音菩薩像、その他の仏具を賜った」のあと、八月四日が二度目の行幸なんだ。蝦夷の出家に天皇が直接かかわること自体がおかしいだろ。庶民の出家許可は国郡司の役目なのに天皇が直接許可を与えたうえ、仏像仏具まで揃えてやったのだから陸奥の蝦夷は王朝内に噂が伝わるほどの美丈夫だったのだろうね。書紀はそれを「みやびであり」の一言に凝縮して暗示したんだ。仏像仏具をどの寺に納めたのか記されていないのも寺が吉野にあったからだよ。

日夏　ごめん。もういいわ。吉野行幸は持統天皇の私事ということね。さて、来週も課題は三つよ。一つ目は「阿蘇」。阿蘇という地名は全国に何カ所もあるけれど、それが阿蘇山の阿蘇と関わりがあるかどうか考えてみたいわ。二つ目は「出雲」。「古代の人は海の向こう側に長い砂州《さす》が伸びている地形を出雲と呼んだ」とわたしたちは考えたのだったわ（拙著『探証　日本書紀の謎』参照）。そのような地形をなぜ「イヅモ」と呼んだのか探ってみたいの。三つ目は「早吸日女《はやすひめ》神社」。わたしは熊襲の本拠地熊本から夏至の日の出方向に向かって行きついたところが大分市佐賀関の六柱神社（現在は早吸日女神社）と考えたわ。ところが大分県内にあと二つ、早吸日女神社があることに気がついたの。大分市旦《だん》野原《のはる》と佐伯市蒲江西野浦《かまえにしのうら》にある二社が佐賀関の早吸日女神社とどう関わっているか知りたいの。

翔　毎週、毎週よくそんなに疑問点を探し出してくるものだな。

第6章

出雲の起源

熊襲の足跡Ⅰ

阿蘇

日夏　阿蘇といえば阿蘇山が思い浮かぶわ。そのためか語源としてアイヌ語のアソ（火を噴く山）が有力視されているの。でも全国には「阿蘇」や「阿曽」などアソ地名が三十カ所以上あって、そのほとんどが火山とは関係なさそうよ。そこでアソの語源は何か、また阿蘇山のアソは熊襲に関わっているのか考えてみたいの。

智彦　検討する前に熊襲についておさらいしておきたいよ。

翔　熊襲の「熊」は熊野櫲樟日命《くまのくすび》を祖とする一族を指していて熊本市が本拠地、熊襲の「襲」は素戔嗚尊《すさのお》を祖とする一族で熊本県阿蘇市・菊池市が本拠地だったよ。大和王朝が両者を合わせて熊襲と呼んだんだ。

日夏　神社でいうと熊野櫲樟日系の神を祭ったのが熊野神社で、素戔嗚系の神を祭ったのが八坂神社、南方神社、津島《つしま》神社、氷川《ひかわ》神社などね。

翔　では語源について。アソは「山に囲まれた盆地」や「砂州で囲まれた海」など周りを囲まれた地形のことだよ。阿蘇山は外輪山に囲まれているし、京都府宮津《みやづ》市の阿蘇海《あそかい》は砂州（天橋立）によって内海になっているね。三重県南伊勢町の阿曽浦《あそうら》も半島に囲まれた内海だよ。長い砂州が伸びるイヅモ地形を襲の一族が好んだことは勉強したが、アソ地形もそうなんだ。

智彦　襲の一族は「周りを囲まれたところは神が喜び斎く」と考えたのかな。ダジャレのようだが「アソの地を神がそぞろ歩くこと」が「遊ぶ」ではないかと思えてきたよ。

出雲

元出雲は朝鮮半島にあった

日夏　出雲は何で出雲か。「かつて出雲国があったから」では答えになっていないわ。

智彦　ネット検索したんだ。「しまね観光ナビ（島根県公式観光情報サイト）」に語源候補が挙げられていたよ。

①湧雲説：美しく雲がわき出るさまから

②夕方説：朝つ方がアヅマで、夕つ方がイヅモ。中国地方の西側に位置し、日が沈む方角であることから

③五面説：杵築《きづき》、狭田《さだ》、闇見《くらみ》、三穂《みほ》、出雲の五国で五面。面とは国の一地域を指すことば

④アイヌ語説：エツ（岬）＋モイ（湾）でエツモイ。あるいは、エツ＋ムイ（曲がった場所）でエツムイからイヅモとなった

⑤外国地名説：朝鮮半島東部の江原道にあった邪頭味（ヤタメまたはヤトメ）から渡来した住民が故地の名をつけたが、それがイヅモとなった

翔　⑥厳藻説：神聖で美しい藻が生えている土地という意の「イツモ」から

智彦　①の湧雲説でないことはオレでもわかるよ。「雲が発生するのは出雲だけ」というなら別だがな。

日夏　そうだね。仮にイヅモが「雲が湧く」を意味しているとしても、そのときは言葉順が逆の「雲出」となるところだよ。足摺《あしずり》岬、犬吠《いぬぼう》埼、岩出《いわで》山、雲見《くもみ》、玉造《たまつくり》など「名詞＋動詞」の地名は動詞がうしろだよ。動詞が前の垂水《たるみ》という地名もないことはないけれどね。

②の夕方説も違うわね。全国どこでも毎日、夕方はやってくるもの。それに夕つ方がなぜイヅモになるのかわからないわ。アヅマに対するのであればイヅマだわ。

翔　③の五面説も否定だな。全国に三面《ミツモ》、六面《ムツモ》などの国の例があれば候補になり得るが、そのような国はないよ。それに出雲の国がもともと出雲と呼ばれていたなんてことであれば五面説は最初から意味をなしてないよ。

智彦　次の④アイヌ語説は「中らずと雖も遠からず」と思うよ。アイヌ語であったかどうかは別にして、ボクたちが考えている「砂州＋湾」地形に似ているもの。現在の出雲市役所や出雲大社があるあたりは「砂州＋湾」地形ではないよね。古代の出雲平野も海ではなく低湿地だったようなんだ。すると「砂州＋湾」地形説は破綻するようにみえるね。ところが出雲市の東方、島根県松江市の中海に視点を移すと、松江市側からみて中海の対岸に弓ヶ浜という全長一八キロに及ぶ砂州が伸びているんだ。この「弓ヶ浜＋中海」がまさにイヅモ地形なんだ。弓ヶ浜を望む場所が松江市東出雲町だから、もともとの出雲は東出雲町だよ。

次は⑤外国地名説。邪頭味（ヤタメまたはヤトメ）を直接的にイヅモの語源とするには発音が違いす

ぎて肯けないよ。だが関連することばではあると思うんだ。というのは出雲にかかる枕詞に「やつめさす」があるからだよ。松本清張さんは「朝鮮半島東部に邪頭昧県があった。これをヤツメと読み、邪頭昧の人々が日本海を渡って移住してきたところが出雲」としているよ。「しまね観光ナビ」の「邪頭昧」は「邪頭昧」の間違いだろうね。

翔　次は⑥厳藻説。「出雲でしか採れないような特徴的な藻」があるならば候補にもなり得るが、そのような話は聞いたことがないからこれもバツだな。

智彦　そうだね。厳藻が語源であればイヅモと濁らず、清音のイツモになるのではないかな。ひととおり語源候補を検討したところでボクたちの「砂州＋湾」説に合うものとして残ったのは⑤の外国地名説だね。「邪頭昧」は「ヤツメ」と読めば枕詞になるわけだから出雲を修飾するものではあっても直接的語源ではないね。日本の出雲以前に朝鮮半島に「ヤツメさすイヅモ」があったと考えたらいいのかな。とは言ったものの「ヤツメさす」って何だろう。

翔　出雲にかかる枕詞はほかにもあるんだろ。枕詞から何かつかむことができないのか。

やつめさす出雲

智彦　出雲にかかる枕詞がどのように使われているか、歌を並べてみるよ。

「やつめさす」

①古事記：倭建命『やつめさす出雲建が佩ける刀　黒葛さは巻き　さ身無しにあはれ』

「八雲立つ」

②古事記：速須佐之男命《はやすさのおのみこと》『八雲立つ　出雲八重垣　妻ごみに　八重垣作る　その八重垣を』

③日本書紀：武素戔嗚尊『八雲立つ　出雲八重垣　妻ごめに　八重垣作る　その八重垣を』
④日本書紀：時の人『八雲立つ　出雲梟帥が　佩ける刀　黒葛多巻き　さ身無しにあはれ』
その他「山の際ゆ」「八雲さす」
⑤万葉集四二九：人麻呂『山の際ゆ　出雲の子らは　霧なれや　吉野の山の　嶺にたなびく』
⑥万葉集四三〇：人麻呂『八雲さす　出雲の子らが　黒髪は　吉野の川の　沖になづさふ』

翔　①から④の記紀に挿入された歌も人麻呂作とみるよ。

智彦　⑤、⑥は人麻呂の歌なんだ。「やつめさす」が使われているのは一首だけなんだ。

日夏　④は①の「やつめさす」を「八雲立つ」に替えたもので、もとは「やつめさす」と思うよ。②と③はほぼ同じだね。⑤の「山の際ゆ」は出雲娘子を火葬する煙が霧のように吉野山にたなびいているというものだから出雲限定ではないんだ。だから①の「やつめさす」、②の「八雲立つ」、⑥の「八雲さす」の三つを検討すればいいと思うよ。

翔　よくわからない「やつめさす」より、なんとなく意味がわかりそうな「八雲立つ」を先に考えましょう。「八雲立つ」は「幾重にも重なった雲が立ちのぼる」こととされているわ。

智彦　「幾重にも重なった雲が立ちのぼる」という、そのイメージがわからないな。串団子を立てたように重なる雲なんてあるのか。「八雲」は上下でなく横に広く連なりながら湧き上がった雲ではないのか。オレは対岸の長い砂州の端から端までを覆っている雲を思い浮かべてしまうよ。

それが正解かもしれないね。②で「妻ごみに八重垣作る」とあるが、垣で宮を囲むとはある程度の高さをもった樹木や石を横に連ねて囲むことだから「八雲立つ」と「八重垣」は同じような形状を指していると考えられるもの。

日夏　「雲が連なって広がっている」ように「垣も連なって廻っている」ということね。

翔　「八雲立つ」は空高く湧き上がる「縦」方向ではなく、ある程度の高さをもったものが横方向につながっている意味なんだ。

智彦　次は「やつめさす」。たいていの辞典で「語義、かかりかた未詳」となっているよ。「やつめ」が何かわからないから答えようがないんだ。

翔　串に刺したヤツメウナギのかば焼きから出た煙が出雲ということはないよな。

日夏　ああ、また食べ物の話になったわ。出雲節や安来節はウナギでなくドジョウよ。

智彦　「やつめ」とは何か、松本清張さんのいう「邪頭昧県」が参考になるかも。邪頭昧県がどこにあったかはっきりしていないが、玄菟《げんと》郡七県のうちの一つということはわかっているんだ。そして玄菟郡の中心は現在の北朝鮮の咸興《かんこう》と考えられているよ。

翔　地図でみると咸興の南に文川という町があるだろ。文川がかつての邪頭昧県ではないのか。東が金野湾でその先に虎島半島が伸びているからイヅモ地形だよ。

日夏　そうかもしれないけれど「やつめ」の意味がわからなければ確かめようがないわ。

翔　いや、わかったような気がしてきたぞ。「八雲立つ」が横方向を意味していたから「やつめさす」は縦方向で考えるんだ。「上から下に日が射す」ことを表しているとしたらどうだ。

智彦　そうか。文川なら射すのは朝日だね。虎島半島の向こうに昇る朝日と金野湾に映るオレンジ色の光。ただ日が昇って海面が耀くだけではなく、半島の上で朝日が耀き半島手前の湾上に一筋の光が矢のように走っているのが「やつめさす」なんだ。

翔　朝日と光の筋とが半島によって切れているところがポイントだな。また食べ物の話になってすまない。オレはブリも好物なんだ。ブリの幼魚をヤズというのを聞いたことがあるかい。ヤズは目から尾にか

智彦　けて体の中心を一直線に黄色の帯が走っているんだ。ヤズは「やつめさす」と関係があるに違いないよ。

出雲にかかる枕詞は天候に応じて使い分けられていたんだ。ほかの枕詞も同じように考えられるかな。例えば「やまと」にかかる枕詞「しきしまの」と「そらみつ」、「大宮」にかかる「うちひさす」「さすたけの」「ももしきの」なども状況によって使い分けられていたのかも。

日夏　「やつめさす」がどのような状態かわかったわ。それで①の歌の意味はどうなるの？

智彦　①の「やつめさす」は光る刀を形容しているんだ。歌は「佩ける刀」とあって、刀は「さす」ものでもあるから「八雲立つ」より「やつめさす」が状況に合っているわけだ。

次は⑥の「八雲さす」。⑤、⑥の歌が詠まれたときの状況はわかっているよ。題詞に「溺れ死んだ出雲娘子を吉野で火葬するときに人麻呂が作った二首」とあるからね。「八雲さす」は人麻呂が「八雲たつ」と「やつめさす」を合成したもので、黒髪を修飾しているんだ。「やつめさす」のは光だから生命の誕生にふさわしく、死者を葬るときには使いにくいよ。貴人の死を「雲隠れ」というように雲がつく「八雲立つ」を人麻呂は選んだのだが、そのままでは黒髪に合わないので「立つ」を「さす」に替えたんだ。だから「八雲さす」は出雲の語源に直接関わるものではないね。

各地の出雲

日夏　襲の一族は日本各地でイヅモ地形を見つけるたびにイヅモと名づけていったのでしょうね。

智彦　そのなかでも日本で最初のイヅモは博多湾イヅモだろうね。

日夏　松江イヅモの東出雲町は古代出雲の中心地で、意宇《おう》と呼ばれていたところね。近くの熊野大社（出雲一宮）の祭神は熊野大神で、その正体は不明とされているの。熊野大神は熊野櫲樟日命あるいはその

翔　子孫神だと思うわ。襲の一族とともに意宇郡に進出していたのね。宮津イヅモの内海（潟湖《せきこ》）の阿蘇海は襲の一族が名づけたのでしょうね。近くには元伊勢といわれる籠《この》神社があるわ。杵築イヅモには八坂地名や八坂神社があって襲の一族と関わりあることが明らかね。

智彦　あとね、新潟県三島《さんとう》郡に出雲崎《いずもざき》という町があるの。町名の由来について「出雲崎惣社の石井神社の祭神が大国主命《おおくにぬし》」「大国主が来臨した」「出雲臣一族の往来による」などの説があるけれど決め手はないようよ。出雲崎も襲の一族が進出したことによるのではないかしら。

翔　襲の一族が移り住んだだけでなく、出雲崎はイヅモ地形だったのではないか。

現在の越後平野はイヅモ地形ではないよ。

古代の越後平野は新潟県三条市・見附《みつけ》市・長岡市あたりまで海が入り込んでいたんだ。三条市・見附市・長岡市の東部の山側から見ると、目の前が海（湾）でその先に細長い半島（現在の東頸城《ひがしくびき》丘陵）が伸びていてイヅモ地形だったんだよ。

早吸日女神社

日夏　わたしたちが伊勢神宮の元宮とみた早吸日女神社（大分市佐賀関）は、熊襲本拠地の熊本から夏至の日の出方向に進んで海岸に至った場所にあるわ（拙著『探証　日本書紀の謎』参照）。ところが大分市旦野原にも早吸日売神社があって底綿津見《そこつわたつみ》など海の神を祭っているの。神社の場所は今でこそ住宅地だけれど当時は山のなかだわ。佐賀関の早吸日女神社から勧請したのだろうといわれているものの、どうして山中に建てられたのか謎よ。もう一つ、佐伯市蒲江西野浦にも早吸日女神社があって住吉三神を祭っているの。場所は半島先端よりちょっと手前に位置した海岸であるところが佐賀関と似ているわ。でも、どうしてここに建てられたのかやはり謎なの。

翔　これは簡単に答えが出るよ。日夏の熊襲日神信仰説で説明できるじゃないか。地図で熊本から佐賀関に線を引くと旦野原はその線上だよ。熊本から進んできた早吸日女が海岸に至る前、旦野原で立ち止まって日神を祭ったんだ。だからこちらの方が先で、佐賀関から勧請したわけではないね。立ち止まった理由まではわからないよ。蒲江西野浦の方は熊本から真東に進んで至った海岸にあって、佐賀関の早吸日女神社と宮崎県日向市の大御神社（熊本からみて冬至の日の出方向）との中間に位置しているんだ。旦野原と西野浦の二社は熊襲日神信仰説が正しいことの裏付けになっているんだな。

智彦　書紀の景行三年に「屋主忍男武雄心《やぬしおしおたけおごころ》命を阿備《あび》の柏原に遣わして天神地祇を祭らせた。命はそこに九年間住んで菟道彦の女《むすめ》影媛を娶り武内宿禰を生ませた」とあったね。影媛が早吸日女で、阿備の柏原が旦野原ではないかな。身籠った影媛（早吸日女）が再出発して佐賀関の手前で武内宿禰が生まれたんだ。その場所が磯崎神社で祭神は武内宿禰だよ。

日夏　ああ、自分で言い出したことなのに気がつかなかったわ。ありがとう、これでスッキリしたわ。

智彦　旦野原の由来だが「律令時代、軍団が駐屯したことによる（団が旦になった）」との説があるよ。しかし、何もない山中に軍団が駐屯したとは思えないし、団を旦と表記することも考えにくいね。旦野原は「朝日に祈る場所」の意味だよ。旦は「日が昇る」ことを表す字だもの。旦野原にある字地名「日ヶ出」「神原《かんばる》」は影媛が朝日に向かって祈りを捧げたことを思わせるものだよ。それから「アビ（阿備）」は「日の出に祈る台地」のことで「柏原」は「高いところ」、つまり櫨原と同じと考えたらいいんだ。

日夏　来週の課題も三つ、今週に続いて熊襲関連ね。最初は「南九州の地下式横穴墓《よこあなぼ》」と「臼杵市の地下式横穴」に関連はないか。臼杵市の地下式横穴は古墳ではないと考えられているけれど、南九州の地下式横穴墓（古墳）に似ているような気がしてならないのよ。二つ目は「磐井《いわい》の乱」で生き残った熊襲の王子が葛子《くずこ》以外にいなかったか。宣化元年「阿蘇仍君《あそのきみ》に茨田《まった》郡の屯倉《みやけ》の穀を運ばせた」とあって、阿蘇仍君も生き残った王子の一人ではないかと思ったの。三つ目は「磐井の乱」のあとの熊襲の地方の王の動向について。その多くは滅ぼされたわけではなく、大和王朝に従うことによって支配者の地位を維持したのではないか、大和王朝はそれらを国造と呼んだのではないかと考えたの。

第7章

巨石古墳と国造

熊襲の足跡Ⅱ

地下式横穴墓

日夏　「南九州の地下式横穴墓」と「臼杵市の地下式横穴」に関係があるかどうか。

智彦　地下式横穴墓は宮崎県を中心に鹿児島県や熊本県でみられる五、六世紀の古墳で、地表から垂直に深さ二・五メートルくらい竪穴を掘り、次に横向きに穴を拡げて横幅三、奥行き二メートルくらいの墓室としたものなんだ。臼杵市の「門前の地下式横穴」は臼杵市教育委員会の説明では竪穴一二五、横幅二八〇、奥行き一七五センチとなっているよ。横穴前の説明板に「大分県における類似遺跡の調査から中世（十三〜十六世紀）の墓と推定される」としているから、古墳とは考えてないよ。

翔　中世の墓と推定したのは中にあった遺物からだろ。横穴の形状は考慮していないんだ。遺物は中世になって入れられたものではないのか。南九州の地下式横穴墓は、どれも竪穴からみて奥行きより横幅の方が長くなっているが、門前の横穴も全く同じ形状だよ。

智彦　地下式横穴墓では墓室が竪穴の北側にあるものが多いんだ。方角は絶対的なものではないが、半数近くが北や北北西、北北東なんだ。遺体を安置する方向に関わるものと思うよ。門前の横穴も墓室が竪穴の北北西だから墓室の形状と方向から見た限りでは臼杵の地下式横穴も古墳のようだね。ボクたちの結論は「南九州の地下式横穴墓と関係あり」でいいね。

磐井の乱後の熊襲の王子

日夏　次は「磐井の乱」で生き残った熊襲の王子について。磐井の子、葛子が生き残ったことははっきりしているけれど、筑紫君と呼ばれたことと糟屋《かすや》屯倉を献上したこと以外わかってないわ（「葛子」を熊襲とする理由については拙著『探証　日本書紀の謎』参照）。

智彦　磐井の都があったと思われる福岡県八女《やめ》市では乱のあとも古墳が造り続けられているから熊襲は完全に滅されたわけではなかったんだ。それらの古墳は葛子とその子孫が葬られていると考えていいのではないだろうか。次に阿蘇乃君だが書紀に出てくるのは宣化元（五三六）年の一カ所だけで詳細は不明だね。

翔　オレは熊襲の王子のなかでも大和王朝の血が流れている者が生き残ったのではないかと思うんだ。阿蘇乃君はその一人ではないか。景行天皇の子の豊戸別《とよとわけ》皇子は火国別《ひのくにわけ》の始祖とあっただろ。母親の襲武《そたけ》媛《ひめ》は熊襲の女性だから名に襲や武がついているんだ。豊戸別皇子が母親の出身地である阿蘇に入り、その子孫が阿蘇乃君と呼ばれたのではないだろうか。

智彦　豊戸別皇子は火国別の始祖とされているが、皇子を祭る神社は阿蘇近辺に見当たらないよ。

日夏　別の名で祭られているのよ。阿蘇神社の五宮の祭神の彦御子《ひこみこ》神はどうかしら。彦御子神は阿蘇大宮司家の初代とされているわ。それまで阿蘇神社は健磐龍命《たけいわたつ》とその子孫神を祭ってきたけれど、彦御子神（豊戸別皇子）以降は熊襲と大倭の血が混じった神が祭られるようになったのではないかしら。

翔　豊戸別皇子には同母の兄弟があったね。上の兄が国乳別《くにちわけ》皇子で水沼別《みぬまわけ》の始祖、二番目の兄は国背別《くにそわけ》皇子（一に曰く、宮道別《みやじわけ》皇子）だったね。

日夏　国乳別皇子は福岡県久留米市三潴《みずま》町の弓頭《ゆみがしら》神社で祭られているわ。三潴町は水沼氏の本拠地ね。

翔　神社名が「弓頭」となっていることからわかるように国乳別皇子は熊襲の弓大将だったから、その子孫は磐井の乱で大和側と激しく戦ったんだ。そのため景行天皇の血を引いていても乱のあと衰退したと思うよ。

日夏　国背別皇子の方は「何々氏の始祖」と記されていないわ。

智彦　乱のあと国背別皇子は熊襲であることを隠して「一に曰く」にあるように宮道別皇子を名乗ったのではないだろうか。

翔　字は違うが、福岡県福津《ふくつ》市の宮地嶽《みやじたけ》神社で祭られているのが宮道別皇子ではないのか。

日夏　宮地嶽神社の祭神は神功皇后と勝村《かつむら》大神、勝頼《かつより》大神よ。勝村大神も勝頼大神も正体不明とされているところが怪しいわね。宮道別皇子は熊襲の一支族だった宗像氏の入り婿になったような気がするわ。宗像氏が熊襲であったなら前から思っていた疑問が一つ解決できるわ。「応神三十七年、縫工女《きぬぬいめ》を求めて阿知使主《あちのおみ》を呉に遣わせた。四十一年、兄媛《えひめ》・弟媛《おとひめ》・呉織《くれはとり》・穴織《あなはとり》の四人を連れて阿知使主が筑紫に到着すると、胸形大神が工女を望んだので兄媛を奉った」この記事を素直に受けとることができなかったの。苦労してようやく得た工女を天皇の許しも得ないで胸形大神に渡すことができたか、許しを得たにしても大和に帰ってからのことではないか、天皇と胸形大神はどのような関係にあったのか、疑問だったの。阿知使主を遣わしたのが熊襲の大王で、その都が八女市であれば大王の許しを伺うこ

智彦　とも困難ではないし、大王が宗像の王（胸形大神）に工女を与えることも不思議ではないわ。

翔　熊襲の大王の都が八女にあったのであればボクの疑問も解消だよ。「雄略十年、身狭村主青《むさすぐりあお》は呉が献上した二羽の鵞鳥《がちょう》を持って筑紫に至った。この鵝鳥は水間君の犬のために喰われて死んだ」という記事自体に疑問はないよ。このできごとを解説したなかに「この頃、有明海側に港ができたので一行はその港に上陸し、大和を目指した途上の三潴町で起こったこと」としているものがあったんだ。そんな馬鹿な、大和の天皇に献上するものを有明海の港で降ろすはずがないと思っていたんだ。鵞鳥は熊襲の大王に献上するために博多湾から八女に向かう途上の三潴町で犬に喰われたんだ。

話を戻すよ。磐井の乱で生き残った熊襲の王子は「本家の葛子」と「豊戸別皇子の子孫（阿蘇乃君）」と「宮道別皇子の子孫」が考えられるということだね。

乱後の熊襲の地方の王

日夏　次は熊襲の地方の王について。大和王朝は磐井を斃したあとすぐに全国を統治できたわけではないわ。それまでは奈良県、大阪府あたりを支配するのがやっとだったのだから全国に支配者を配置するほどの人材も兵力も持っていなかったはずよ。そのため各地の元熊襲の王たちを取り込んでその地域の支配を認めることによって、全国統治にこぎつけたと思うの。大和王朝はそれら元熊襲の支配者を国造と呼んだのではないかと思うのよ。

翔　元熊襲が国造になったと思われる例が書紀にあったな。「武蔵国造の乱」のことだよ。武蔵の笠原《かさはら》直使主と同族の小杵《おき》が国造の地位を争い、小杵が上毛野君小熊《おくま》と手を組もうとしたところを討たれ、笠原

智彦　直使主が国造になったんだ。笠原直使主も小杵も小熊ももとは熊襲の王と思うよ。課題検討のまえに、そもそも国造とはどんなものなのか知っておきたいな。

日夏　国造は「古代の地方を治める役所」「大和朝廷に任命された地方官」「大和王朝に服属した地方首長」などの説があって同じようでも微妙にずれがあるわね。その始まりも「五世紀」「六世前半」「遅くとも七世紀初」などと違った見方があるし、役所が置かれた場所もわからないところが多いの。賜った姓も君・公・直・臣があるけれど、どのように違うかもわかっていないわ。

智彦　国造とは何か、正確にはわかってないんだ。「大和王朝に認められた地方の支配者」とみておけばいいのかな。ところで日夏さんは何をきっかけに熊襲と国造を結び付けたの？

国造　阿蘇君

日夏　阿蘇市の国造神社から熊襲と国造の関係を推測したのよ。神社名からして国造を祭っていると思ったの。祭神は速瓶玉命《はやみかたま》で、国造よりずっと前の時代の人よ。だから真の祭神は速瓶玉命の子孫にして景行天皇の子孫でもあった阿蘇仍君（国造名は阿蘇君）ではないかと考えたのよ。

智彦　神社のそばにある上御倉《かみのおくら》古墳、下御蔵《しものおくら》古墳が国造の古墳だろうね。二つの古墳は三〇メートル級の円墳で横穴式石室には巨石が使われているよ。上御倉古墳は複室構造で石屋形《いしやかた》もあるんだ。熊襲系の古墳であることは間違いないよ。少し南にある中通《なかどおり》古墳群は磐井の乱以前のものだから国造の先祖が被葬者だろうね。中通古墳群の被葬者に関わる神社が阿蘇神社だと思うよ。

翔　日夏の見込みが当たっているとして、智彦の説明を併せるとこうなるかな。
●熊襲の地方の王であった者が磐井の乱以降は大和王朝に従うことで、もとからの支配地を治めることを認められ国造と呼ばれた

●乱以前は大きな前方後円墳が造られたが、以後は小さな円墳になった
●古墳は横穴式石室で巨石が使われている
●近くに先祖を祭る神社がある
まだ阿蘇君の一例だけだが、ほかの国造はどうなんだろう。

熊襲系の国造

〈国造　火君〉

日夏　肥後の国には火君もいて熊本県氷川町に役所があったとみられているけれど詳しいことはわかってないわ。わたしは氷川町の神社のことはよく知らないの、ごめんね。

智彦　氷川町の野津《のづ》古墳群は乱以前のものが主だが、一番大きい中ノ城《なかのじょう》古墳だけは国造の時代のものだね。それと、谷をひとつ隔てたところにある大野窟《おおのいわや》古墳が国造の古墳候補だよ。二つの古墳は一〇〇メートル級の前方後円墳で横穴式石室なんだ。大野窟古墳は複室構造で石棚があり、壁石も天井石もとても大きなもので、高さ六・五メートルの玄室は一見の価値があるよ。

翔　乱のあと、すべての古墳が円墳に変わったわけではないんだな。

智彦　そうだね。だが熊襲系の古墳であることは確かだよ。

〈国造　筑紫君〉

翔　阿蘇君も火君も姓が「君」だよ。熊襲のなかでも強い力をもっていた者が君の姓を受けたのかな。葛子も筑紫君と呼ばれたということは国造に任じられたからかもしれないな。

日夏　それはあるかも。筑紫の国造は筑紫君あるいは筑紫公と呼ばれ、久留米市や八女市あたりを治めたよ

うね。筑紫君に関係する神社は高良《こうら》大社でしょうね。あっ、阿蘇神社も高良大社も一宮だわ。一宮は熊襲を祭る神社なのかしら。

智彦

八女市付近の乱以前の古墳は石人山《せきじんさん》古墳と岩戸山《いわとやま》古墳かな。乱の後の古墳はたくさんあって主なものは乗場《のりば》古墳、鶴見山《つるみやま》古墳、童男山《どうなんざん》古墳、弘化谷《こうかだに》古墳だよ。ちょっと説明しておこうね。

《乱以前の古墳》

●石人山古墳は福岡県広川町《ひろかわ》にあって全長一二〇メートルの前方後円墳。五世紀前半から中頃のもの。石棺の前に武装石人が立てられていたこと、棺蓋に浮き彫りの文様が施されていることで知られているよ。ボクたちは磐井の祖父が倭の五王の一人の済であり、石人山古墳に葬られたとみたのだったね。

●岩戸山古墳は石人山古墳から東約三キロの八女市にあって全長一三五メートルの前方後円墳。六世紀前半のもので、磐井の墓とみられているよ。後円部に接して別区と呼ばれる約四〇メートル四方の広場があることと石人石馬で知られているね。

《乱の後の古墳》

●乗場古墳は岩戸山古墳のすぐ東にある全長七〇メートルの前方後円墳。六世紀中頃のもので、複室構造の横穴式石室は装飾されているよ。岩戸山古墳に近いこと、前方後円墳であること、環頭大刀《かんとうのたち》柄頭《つかがしら》が出たことから被葬者を葛子とする説があるんだ。

●鶴見山古墳は乗場古墳の東約一・五キロにあって全長八七メートルの前方後円墳。六世紀中頃のものとみられ、複室構造の横穴式石室で、武装石人が出たことからこちらを葛子の墓とする説もあるよ。

●童男山古墳は鶴見山古墳の東約三キロにあって径四八メートルの円墳。六世紀後半のものとみられているよ。横穴式石室で石棺を納めるための石屋形と呼ばれる施設があるんだ。乗場古墳から童男山古墳までの間にたくさんの古墳があるが、西から東へと造られ続けて童男山古墳で八女古墳群は終焉したと考えられているよ。

日夏　童男山古墳には徐福《じょふく》伝説があって「海で遭難し、八女にたどりついた徐福を人々は厚く手当したが、ついに死んでしまったので山に葬った。徐福は童男童女を連れていたので、その山を童男山と呼び、童男山古墳に葬った」というものなんだ。だが徐福の渡海と古墳の造成は八〇〇年くらい離れているから、伝説を信じることはできないよ。ただ、まったくデタラメではなくて何か中国に関わりがある人が葬られたことで伝説が生まれたんだろうね。

智彦　少し時代が違うけれど被葬者に筑紫君薩夜麻《さつやま》（薩野馬とも）はどうかしら。天智三（六六四）年頃、百済救援のために朝鮮半島に渡り、唐の捕虜になって十（六七一）年十一月に帰国しているわ。筑紫君とあるから筑紫の国造で、葛子の子孫ではないかしら。薩夜麻は唐から帰国してやっと八女にたどりついたのだけれど捕虜生活で衰弱した体の回復がかなわず死んでしまうの。その墓が童男山古墳ではないの？

翔　童男山古墳は六世紀後半のものとされているからちょっと違うかな。乗場古墳から童男山古墳までの間にはたくさんの古墳があると言ったよな。それらすべてを六世紀の中頃から後半までにまとめてしまう方がおかしいのではないか。童男山古墳は八女古墳群のなかでも終末の古墳なんだろ。もっとあとのものではないのか。

智彦　そうかもしれないがよくわからないよ。

翔　「童」には「男の罪人」の意味があると聞いたことがあるよ。薩夜麻が捕虜になっていたことを「童男」で表したのではないか。

日夏　わたしも一言。「童子」には「菩薩」の意味もあるから、童男で薩夜麻の「薩」を暗示したのではないかしら。

智彦　二人に反論はしないよ。では最後に弘化谷古墳。弘化谷古墳は径が三九メートルの円墳で六世紀中頃のもの。なぜかこの古墳だけ岩戸山古墳の東側ではなく、石人山古墳のすぐ東に造られているんだ。双脚輪状文《そうきゃくりんじょうもん》などが描かれた横穴式石室の装飾古墳で、石屋形は八女古墳群で最初のものとされているよ。同時期の乗場古墳や鶴見山古墳が石屋形でないのに、なぜ弘化谷古墳だけ石屋形なのか、なぜ石人山古墳のそばなのか謎なんだ。

翔　被葬者が葛子だからではないのか。葛子は乗場古墳や鶴見山古墳の近くに葬られることを避けたんだ。書紀は継体天皇が崩御したとき百済本紀に「日本の天皇、太子、皇子が倶に崩薨りましぬ」とあったと書いていたよ。だがオレたちは百済本紀にいう日本の天皇は磐井とみたんだから、磐井と太子と皇子がいっしょに死んだと考えるべきなんだ。岩戸山古墳を磐井の、鶴見山古墳を太子の、乗場古墳を皇子のものとみたらどうだろう。葛子は父や兄弟といっしょに戦死することなく生き残ったがゆえに父や兄弟の近くに葬られることを嫌い、大いなる父祖である済の眠る石人山古墳のそばに墓を造ったんだ。同時期の古墳のなかで弘化谷古墳だけが石屋形なのも、造営のとき本人が生きていたから新しい形式を取り入れることができたんだ。

智彦　葛子の名は「葛天氏」から採ったのかもしれないね。葛天氏は中国古代の伝説上の帝王で『史記』三皇紀に葛天氏のとき「世の中が自然によく治まっていた」とされているよ。

〈国造　丹波直〉

日夏　さて次は丹波の国造。とつぜん丹波でごめんね。元熊襲らしい国造を探していたら丹波に目が行ったの。丹波の国造は尾張氏建稲根《たけいなだね》命の四世孫、大倉岐《おおくらき》命に始まるとされているわ。尾張氏を先祖とすることにウソはないとしても、名に「建」がついていることから熊襲の血も引いていたように思うの。磐井の乱のあと、熊襲の血筋を隠して尾張氏だけを表に出したのではないかしら。丹波の一宮は京都府亀岡《かめおか》市の出雲大神宮。祭神は大国主命だからスサノオ系ね。風流《ふりゅう》花踊りもあって熊襲との関わりが窺われるわ。

智彦　亀岡市には巨石古墳がたくさんあるんだ。特に曽我部《そがべ》町は法貫、穴太、桜峠、宮条などの古墳群があってどれを国造の古墳候補にしていいのかわからないよ。

日夏　丹波から分かれた丹後の国造も祖先は同じとみていいでしょうね。丹後にはイヅモ地形の天橋立と阿蘇海があるわ。一宮は京都府宮津市の籠神社で、祭神の彦火明《ひこほあかり》命は尾張系だけれど、茅の輪くぐりもあることからスサノオ系の神が隠れているような気がするわ。

智彦　宮津市のとなりの京丹後《きょうたんご》市丹後町にある大成《おおなる》古墳群の巨石古墳を丹後国造の古墳候補としておくよ。近くには網野銚子山《あみのちょうしやま》古墳（二〇一メートルの前方後円墳）や明神山《みょうじんやま》古墳（一九〇メートルの前方後円墳）など巨大古墳もあって古代、相当栄えていたところだね。

〈国造　角鹿直〉

日夏　次は越前国の角鹿《つぬが》国造。場所は福井県敦賀《つるが》市で建功狭日《たけいさひ》命に始まるとされているわ。名の「建」から建功狭日命にも熊襲の血が流れていたと考えているの。一宮は敦賀市の気比《けひ》神宮で祭神は伊奢沙別《いざさわけ》命。わたしたちは伊奢沙別命を熊襲の大王とみたのだったわ。神社神紋も五七桐で熊襲との関わりを示し

智彦　ているわ。

敦賀市には穴地蔵《あなじぞう》古墳や白塚古墳など横穴式石室に石棚をもった古墳があるよ。石棚がある古墳は熊本県に多いんだ。熊襲と関わりがあることは明らかだね。

〈国造　羽咋君〉

日夏　次は能登国の羽咋《はくい》国造。場所は石川県羽咋市あたりで一宮は気多《けた》大社ね。祭神は大国主命だからスサノオ系で、祭事に茅の輪くぐりもあるわ。

智彦　羽咋市には羽咋七塚と呼ばれる古墳群があるんだ。そのなかの御陵山古墳が横穴式石室の前方後円墳で、羽咋国造の古墳候補だね。

〈国造　山背直〉

日夏　次は山背国。国造名も場所もわからないけれど、京都にはスサノオ系の神々がひしめいていたから関係ありとみたの。一宮は京都市北区の賀茂別雷《かもわけいかづち》神社で、祭神は賀茂別雷大神だからスサノオ系の神ね。

智彦　国造の古墳候補は右京区の大覚寺《だいかくじ》古墳群内のいくつかの巨石古墳かな。近くに巨石古墳がたくさんあるんだが、なかでも巨石が露出している蛇塚《へびづか》古墳が知られているよ。

〈国造　紀凡直〉

日夏　次は紀伊国。国造の紀氏は和歌山市にある一宮の日前《ひのくま》神宮、国懸神宮の祭祀を受け継いだといわれているわ。

智彦　岩橋千塚《いわせせんづか》古墳群が国造に関わると思うよ。巨石ではないが、石積みの横穴式石室となっているのが特徴だね。石棚をもつ古墳もあるから、熊襲に関わりがあることは間違いないよ。

〈国造　科野直〉

日夏　次は信濃国。科野国造の場所は長野県上田市あたりで建五百建命《たけいおたけ》に始まるとされているわ。一宮は諏訪大社で、祭神は建御名方神《たけみなかた》だからスサノオ系の神よ。

智彦　上田市の赤坂将軍塚古墳《あかさかしようぐんづか》や神宮寺古墳《じんぐうじ》が巨石古墳で国造の古墳候補だね。上田市には横穴式石室をもつ古墳がほかにもたくさんあるんだ。

〈国造　牟邪志直〉

日夏　次は武蔵国。牟邪志《むさし》国造の場所はさいたま市あたりね。始まりは兄多毛比《えたもひ》命で出雲系とされているわ。さいたま市の氷川神社が一宮で、祭神は須佐之男命よ。

智彦　国造の古墳候補は埼玉《さきたま》古墳群のなかの将軍山古墳と近くの前玉《さきたま》神社浅間塚《せんげんづか》古墳かな。

一宮、二宮、三宮

日夏　どう？「熊襲の地方の王が大和王朝に従うようことになって国造と呼ばれた」とする説は。

翔　国造のすべてを元熊襲とすることには無理があると思うよ。だが半数以上はそうかもしれないな。

日夏　あとね、国造と古墳を置いておいて一宮だけをみても熊襲に関わると思われるものが多いの。大己貴《おおなむち》命を祭神とする神社が日向の都農《つの》神社、播磨の伊和《いわ》神社、三河の砥鹿《とが》神社、遠江《とうとうみ》の小国《おくに》神社などで、大国主命や事代主神、五十《い》猛《たける》命、味耜高彦根《あじすきたかひこね》命などを祭神とする神社を加えたら全国の一宮の半分以上は熊襲の神を祭っていることになるわ。それに二宮、三宮も熊襲の神を祭っているように思うの。例えば筑前二宮の二宮神社（埴安彦と事代主神）、周防二宮の出雲神社（大己貴命）、石見二宮の多鳩《たばと》神社（事代主命）、三宮の大祭天石門彦《おおまつりあまのいわとひこ》神社（建御名方命）、伯耆二宮の大神山《おおがみやま》神社（大己貴神）、近江二宮の日吉神社（大己貴神と大山咋神）、美濃三宮の多伎《たき》神社（倉稲魂《うかのみたま》神と素盞嗚命）、信濃二宮の小野神社（建御名方命）、上野二宮の赤城《あかぎ》神社（大己貴命）、三宮の伊香保《いかほ》神社（大己貴命）、相模二宮の川匂《かわわ》神社（大名牟遅命）などよ。

亀の古墳、鬼の古墳

智彦 古墳のなかには亀塚や亀山など亀がつくもの、鬼塚、鬼の岩屋、鬼の釜など鬼がつくものがあるが、これらも熊襲に関係していると思うんだ。「亀」古墳は磐井の乱以前のもので前方後円墳が多いよ。もともとは神塚や神山と呼ばれていたものを大和王朝が亀塚、亀山に変えてしまったんだ。乱のあと造られた「鬼」古墳は円墳で巨石が使われていることが多いんだ。「鬼でなければ運べないような巨石が使われていることから鬼の岩屋などと呼ばれるようになった」と考えられているが、これも大和王朝が熊襲の死者を鬼と呼んだことによるんだ。「鬼」古墳は熊本県で三十カ所くらい、大分県や長崎県それぞれ十カ所以上、佐賀県や福岡県にも十カ所近くあるよ。

翔 岡山県はどうなんだ？

智彦　岡山県にも何カ所かあるが九州のように多くはないよ。岡山で何か気になることがあるの？

翔　桃太郎伝説だよ。桃太郎が退治した鬼は熊襲の王ではないかと思ったんだ。

智彦　それはあるかもしれないね。

日夏　おもしろそうな話だわ。来週の課題にしましょう。桃太郎とは誰か、伝説の鬼は熊襲の王か、鬼ヶ島はどこにあったかなど考えてきてね。それとあと一つ。古代史の謎の締めくくりは「銅鐸」にしましょう。誰が作ってどのように使われたか考えてみたいわ。

終章

銅鐸の秘密

桃太郎伝説

日夏　まず、桃太郎伝説のもとになったといわれている「温羅《うら》伝説」を紹介しておくわ。「むかし吉備国に百済の王子、温羅がやってきた。大男で力が強く凶暴で悪事を働いた。温羅が住む山城を人々は鬼の城と呼んで恐れた。朝廷は五十狭芹彦命を遣わし、激しい戦いのすえに温羅を捕えた。温羅は吉備冠者の名を五十狭芹彦命に献上し、以後は五十狭芹彦命を吉備津彦とよんだ」わたしは桃太郎伝説の鬼＝温羅、鬼ヶ島＝山城（鬼の城）、桃太郎＝五十狭芹彦命で、二つの伝説の元は同じと考えるわ。

翔　同感。鬼の城は総社《そうじゃ》市の鬼城山《きのじょう》だね。オレたちは熊襲が神籠石《こうごいし》を造ったと考えたんだが、鬼城山には神籠石があるから温羅は熊襲の吉備王と考えられるんだ。

智彦　五十狭芹彦命の名は借りものだね。五十狭芹彦命は孝霊天皇の子だから、熊襲が栄えた時代よりずっと前の人だもの。

日夏　となると吉備津彦《きびつひこ》神社や吉備津神社で祭られている大吉備津彦命も別人ということ？　大吉備津彦命

は五十狭芹彦命の別名とされているわ。

翔　別人だろうな。古代人は英雄のために神社を建てたりはしないよ。両神社とも捕らえられて殺された温羅を祭ったと考えてはじめて「吉備津の釜」の話が通るんだ。温羅が首を斬られても唸り続けたので釜の下に埋めたという話は聞いたことがあるだろ。温羅伝説でも五十狭芹彦命は吉備冠者の名をもらって吉備津彦になるのだから、それ以前は温羅が吉備津彦なんだ。両神社は温羅の祟りを恐れ、怨霊を鎮めるために建てられたんだ。温羅が王子という話も人物の入れ替えがあったに違いないよ。温羅は熊襲の吉備王で、熊襲の王に新羅系はあっても百済系は考えられないからウラを返せば温羅を討った方が百済王子だよ。

日夏　桃太郎伝説の鬼＝温羅で、その名が吉備津彦であったことは理解できたわ。では五十狭芹彦命の名を借りた百済王子こと桃太郎の正体はどう考えるの？

智彦　温羅伝説がいつ頃のことかわかれば、桃太郎の候補を挙げることができるかも。

翔　大和王朝は雄略十八年に初めて熊襲（伊勢の朝日郎《あさけのいらつこ》）を攻めたのだからそれ以前ではないな。

日夏　十八年以降の関係ありそうなできごとを並べてみるわ。

安閑元年：県主飯粒《いいぼ》が竹生《たかふ》の地（摂津とみられる）を奉る、廬城部《いおきべ》連が安芸国の庵城部屯倉を奉る、武蔵国の小杵を討つ
安閑二年：筑紫、豊、火、播磨、備後《びんご》、阿波《あわ》、紀、丹波、近江、尾張、上毛野、駿河《するが》に屯倉を置く
欽明十六年：蘇我大臣稲目《いなめ》宿禰、穂積磐弓《ほづみのいわゆみ》臣らを遣わして吉備の五の郡に屯倉を置かしむ
欽明十七年：蘇我大臣稲目宿禰らを備前《びぜん》の児島《こじま》郡に遣わして、屯倉を置かしむ　葛城山田直瑞子《みずこ》を以て田令にす

翔　話がみえてきたぞ。武蔵の小杵が討たれたのをみて元熊襲の王たちはあわてて屯倉を献上したんだが、吉備王の吉備津彦だけは大和王朝に従わなかったんだ。それで欽明天皇が直々に討伐に向かったんだ。蘇我稲目宿禰は欽明天皇と同一人物で、百済王子の子だったね。温羅を討ったのが欽明天皇であることを暗示するために百済王子の話が入れられたんだ。桃太郎の桃は「百」に通じていて、桃太郎は百太郎（百済の王子）を意味しているんだ。桃太郎の正体は欽明天皇で、穂積磐弓臣や葛城山田直瑞子が桃太郎伝説の犬、猿、雉のどれかだね。

日夏　吉備津神社の御釜殿《おかまでん》に仕える巫女を「阿曽女」というの。鬼の城の麓の阿曽郷にいた温羅の妻の阿曽媛が最初の巫女とされていることからそのように呼ばれているの。阿曽郷や阿曽媛の名からも熊襲との関わりが窺われるわ。二つの神社の神紋が五七桐なのも、真の祭神が熊襲系の神であることを示しているのよ。

智彦　「吉備津の釜」では埋められた温羅の首が吼え続けたとあるが祟ったとはなってないね。『梁塵秘抄』の歌謡に「吉備津神社はげに恐ろしき」とあるから、何か祟りがあったように思うんだがどうだろう。

翔　祟りか。備後の話だから関係ない思っていたんだが『備後風土記』逸文の蘇民将来《そみんしようらい》のことかな。「昔、北の海の武塔の神が南海の女神のもとへ旅に出た。日が暮れて蘇民将来兄弟に宿を求めた。裕福な弟将来は断ったが貧しい兄将来はもてなした。帰りに再び訪れた神は兄将来の妻と娘に茅の輪を腰につけさせた。すると娘以外はみな死んでしまった。神はわれは速須佐雄の神なり、のちに疫病あらば蘇民将来の子孫であると言って茅の輪を腰につければ禍から免れるであろうと言って去った」というものだよ。

日夏　それってちょっと理不尽ね。歓待した兄将来の家族も、娘以外死んでしまうようでは弟将来に対する復讐になってないわ。手当たり次第の祟り神で、兄将来の妻には茅の輪が効かなかったことになるわ。

翔　オレが作った話ではないから矛盾は許してよ。ここでわかるのは疫病が流行って大勢の人が死んだこと、疫病は素戔嗚尊がもたらしたと考えられたこと、風土記の速須佐雄の神は温羅を指しているかもしれないこと、武塔の神が宿を求めたあと帰りに訪れるまでかなり時間の隔たりがあること、茅の輪くぐりはこの話がもとになったと思われること、などかな。

智彦　それほどの疫病であったなら書紀に出ているかもしれないね。

日夏　欽明天皇の時代（十七［五五六］年以降）にそれらしいものはないわね。敏達十四（五八五）年に疫病の話が出ているわ。

二月（馬子）大野丘に塔を建て父の神（仏像）を拝む。このとき国に疫疾おこり民死ぬ者多し

三月、物部弓削守屋《もりや》大連、塔を切り倒し焼き、仏像を堀に捨てる

このとき天皇と大連、にわかに瘡病みたまう。人々は「これ、仏像を焼きまつる罪か」と語る

この疫病は天然痘とみられているわ。大和だけでなく全国で流行ったのでしょうね。

智彦　大和では仏塔を焼いたせいになったんだが、吉備では温羅の祟りと考えられたのだろうね。

翔　長者伝説を調べたとき熊襲にまつわる地名をいくつか並べたが、もう少し追加するよ。まず「あもり」。天降、天下、安茂里などの字が当てられているよ。足守は読みはあしもりだが、もとはあもりと思うよ。次が「きたかた」、字は北方が多いが喜多方もあるよ。次が「ゆら」、由良の字を当てるところが多いね。「うと」は宇土や鵜戸の字だね。「かも」は鴨、賀茂、加茂など。次に吹上、久留米、屋山、佐賀、朝倉、岩倉、小国にあとは「たま」がつくところで玉野、玉造、玉名、玉来、多摩など。最後に「まし」。熊本県上益城《かみましき》郡益城町、栃木県芳賀《はが》郡益子《ましこ》町など。地名ではないが大祓詞に出てく

る「天の益人」も熊襲のことかな。

銅鐸とは

翔 銅鐸《どうたく》について、わかっていることを教えてよ。オレは写真で見たことがあるだけなんだ。

日夏 形は「梵鐘《ぼんしょう》を押しつぶして、ぺしゃんこになるちょっとまえ」のようなものね。上部は紐《ちゅう》と呼ばれる穴が開いた半円で、胴は中空よ。紐からひもで舌（振り子）を垂らして鈴のように鳴らしたと考えられているわ。大きさは一〇センチから一メートルを超えるものまでさまざまよ。初期は小さかったものがだんだん大型化して最後は吊るすこともできないくらい大きくなったのね。そのため初期のものは「聞く銅鐸」、後期のものは「見る銅鐸」と呼ばれているわ。

翔 何のために大型化したのかが謎なのか？

日夏 それもあるけれど、ほかにたくさん謎があるの。用途からしてわかっていないわ。「住民の合図に使った」「一族の宝物」「権力者のしるし」「鳴らして先祖を称えた」「鳴らして先祖の霊を招いた」など考えられているわ。有力視されているのが「農耕祭祀の祭器」というものね。次に出土状況の謎。銅鐸が住居跡から出てくることはまれで、ほとんどが山の斜面や谷間に埋められていたの。あと河原や海岸の砂のなかというのもあったわ。どのような理由で埋められたのか、どうして居住地から離れた場所なのかわかっていないの。「大地の命が宿る」「埋めておいて祭祀のときに出して使った」「敵が来たのであわてて隠した」「ムラを捨てるときに埋めた」「征服されて祭る神が変わり廃棄した」などの理由が考えられているわ。

翔　いつ頃作られたかわかっているのか？

日夏　紀元前二世紀から紀元二世紀のほぼ四百年間とみられているわ。それが三世紀の前半中途になって忽然と姿を消してしまうの。なぜ一挙に消えてしまったのかも謎よ。次に分布。近畿に多く、あと中国、四国、北陸、東海で出土したので、これらの地域を「銅鐸文化圏」と呼んでいたの。ところが島根県の加茂岩倉《かもいわくら》遺跡から三十九口も発見されたり、無いといわれてきた九州でも吉野ヶ里遺跡で見つかり、佐賀県鳥栖《とす》市の安永田《やすながた》遺跡で鋳型が出てくるに及んで、その見方も変化しているわ。でも、数は圧倒的に近畿が多くて、なぜそのように偏ったのか、またどのような人が使っていたのかもわかっていないの。作った場所も原料の銅をどのように調達したかもわからないのよ。

翔　何だか謎の宝庫だな。最後にもう一つ。似たものが中国や朝鮮にあって、大陸から伝わったということはないのか？

日夏　大陸には鈴のようなものはあったけれど、銅鐸は日本独自のようね。

翔　ならば日本のことばでの呼び方があったのだろうな。

日夏　「ぬりで」「ぬて」「さなき」と呼ばれていたの。「ぬりで、ぬて」は「鳴りての転、塗り鈴に手のついたもの」など、「さなき」は「細鳴き、狭鳴き」で、鳴り物と考えられているわ。

銅鐸の用途

翔　銅鐸の用途だが「神が鳴らすもの」なんてどうだ？　もちろん初期の小さな銅鐸は人が振って鳴らしていたよ。それがあるとき吊るしておいた銅鐸が何かの拍子でひとりでに鳴ったことから危急のときに神が鳴らしてくれると考えられるようになったんだ。山腹や谷、河原、海岸に埋められたのはそのためで、国の境界に埋めて敵の侵入を神に知らせてもらおうとしたんだ。だから居住地跡からほとんど出てこないんだよ。銅剣や銅矛を埋めたのは「敵の侵入を防ぐため」で、銅鐸は「敵の侵入をしらせてもらうため」なんだ。もっと言うと銅鐸自体が鳴るだけでなく「山そのものが鳴る」とまで考えられていたかもしれないな。

智彦　同感。「ぬりで」が「塗り鈴に手のついたもの」では納得いかないし、「さなき」が「細鳴き」では大型化につながらないよ。「ぬりで」は「白膠木《ぬるで》」、「さなき」は「蛹《さなぎ》」に由来するんだ。意外かもしれないが植物のヌルデと昆虫のサナギには共通点があってね。ヌルデにはヌルデミミフシという昆虫が寄生して虫こぶを作るんだ。幼虫は「こぶ」の中で育ち、成虫になると穴をあけて飛び立つよ。サナギも成虫になるための準備期間で、成虫になると殻を破って出てくるよ。蝶のサナギは見たことがあるだろ。虫こぶもサナギも固くて動かず、命を宿しているようには見えないよ。それがあるとき突然、成虫となって出現するんだ。銅鐸も埋められたとき音は立てないよ。それがことあるときに鳴りはじめ、山をも震わせるんだ。サナキのサはサクラのサと同じく、山の神のことで銅鐸を「ぬりで」や「さなき」と呼んだことからも「神が鳴らすもの」と推論できるわけだよ。

翔　銅鐸が埋められたということは近くに敵対する部族がいたからなんだ。一概に銅鐸文化圏といってもかなり広いが、その広いなかで銅鐸を扱う部族と敵対する部族が入り乱れていたんだな。双方の部族ともに相当大きな力をもっていたということだよ。銅鐸が大型化を始めるのは「神が鳴らす」と考えられるようになってからだろうね。神が鳴らすのであれば、人が振ることができないような大型のものでもいいからね。

銅鐸の出土地

日夏　二人の話、おもしろかったわ。正解かどうか検討してみましょう。

翔　どうやって検討するんだよ。

日夏　銅鐸が出土したところの地名を調べるの。正解であれば鳴山、鳴坂などの地名があるはずよ。

智彦　残念ながらそのような地名は見当たらないよ。ボクたちが間違っているのかな。それとも埋めた場所を敵に知られないよう、鳴山や鳴坂地名を避けたのかな。ところで出土地一覧には同じ地名がたくさんあるね。それらの同じ地名が銅鐸を使う部族について考えるヒントにならないだろうか。

日夏　ホント、ざっと見ただけでも同じ地名がたくさん並んでいることがわかるわ。神社名と同じものが多いわ。熊野、加茂、鴨、稲荷、日吉、八坂、八王子、諏訪、山王、須賀、白山、三島、愛宕、秋葉、三輪などよ。

翔　熊襲系の神様ばかりじゃないか。銅鐸は熊襲の先祖が作ったのではないのか。熊襲は金属生産にすぐれていたが、先祖の銅鐸技術を引き継いだことによると考えられるな。

日夏　そうかも。熊襲に関わると思われる荒神山、荒神谷、雨乞山、竜王山、栄、由良、吹上、金屋、金谷、金塚、金山、金折、金指、朝日ヶ丘、旭、旭町、旭ヶ丘、旭山、明神、神明、神山、名神などもあちこちにあるわ。翔は吹上や朝日も熊襲に関係する地名と考えたのね。「金」地名も金属生産地を表しているると考えられるわ。あと、桜地名がとても多いわ。桜ヶ丘、桜塚、桜町、桜台、桜谷などよ。

翔　桜ヶ丘や桜台なんて、近年のニュータウンに付けられた町名のようだな。

智彦　いや、桜地名は古くからあったと考えていいと思うよ。万葉集にも出ているんだ。

桜田へ鶴鳴き渡る年魚市潟潮干にけらし鶴鳴き渡る　高市連黒人（二七三）

翔　桜は「山の神の坐すところ」で、神が坐しているからこそ銅鐸を埋めたんだ。ああ、それから鳴山はなかったが鳴海なら名古屋市にあったよ。歌の年魚市潟《あゆちがた》が名古屋市熱田区、南区付近にあったとみられていることから思い出したんだ。鳴海の由来は「海の音が鳴る」とされているね。

日夏　それなら日本全国の海岸は「鳴海」だらけのはずだ。鳴海は銅鐸を埋めたことによる地名だと思う。翔が熊襲に関わるとした「あもり地名」の長野市安茂里や岡山市足守からも出土しているわ。どうも熊襲が銅鐸を作ったとする説は当たっているように思えてきたわ。

銅鐸終焉の理由

智彦　熊襲が銅鐸を扱う部族を滅ぼしたあとで熊襲地名になったなんてことはないよね。

翔　熊襲以前に銅鐸を作れる集団はなかったと考えるよ。

日夏　仮に銅鐸部族が別にいたとして、そのような高度な技術を持った集団が一挙に征服されてしまうはずはないわ。わたしたちは熊襲が銅鐸を作ったとしましょう。次は銅鐸作りがぱったり止んだ理由ね。熊襲が一挙に征服されたということもなさそうだし、どう考えたらいいのかしら。

翔　銅鐸の消滅を征服に結びつけるからわからなくなるんだ。発想を転換して「神から危急を知らせてもらう必要がなくなったから製作を止めた」と考えたらどうだ。つまり、侵入してくる敵がいなくなったということだよ。

智彦　なるほどね。敵対していたのがどのような部族であったか、どうして敵対を止めたか、当時の勢力分布を想像してみればわかるかも。

翔　銅鐸作りが止んだのは三世紀のどのあたりかわからないのか？

日夏　二三〇年よりはあとで二六〇年にはほぼ止んでいたようよ。

智彦　その頃、熊襲以外で全国に進出していたのは尾張系の多《おお》氏と物部氏だよ。多氏と物部氏は絡み合いながら近畿や中部、さらには関東にまで進出していたんだ。

日夏　熊襲と敵対した部族を多氏と物部氏とみて、次は争いを止めた理由ね。書紀の二四〇年代は崇神天皇、二五〇年代は垂仁天皇のときで、どちらも銅鐸文化圏に関わる話はなかったわ。

翔　書紀にはなかったが、『魏志』倭人伝に答えが出ていたよ。

日夏　卑弥呼の死を言っているの？

翔　オレたちは卑弥呼の死を二四八年とみたよ。卑弥呼の死後、魏の仲裁によって邪馬壹国とその連合国は狗奴国（熊襲）との争いを止めたんだ。その結果、銅鐸文化圏においても熊襲と連合国側の多氏・物部氏とは争いを止めることになり、敵の侵入を知らせる役目がなくなった銅鐸は一挙に廃止されたんだ。銅鐸の終焉は日本全体の動きに関わるものだったんだ。

日夏　倭人伝がなければ永久に謎のままだったかも。これでもうわたしが追究したいことはなくなったわ。

おわりに

翔　まえから気になっていたんだ。日夏の名、東雲はどうして「しののめ」と読むんだ？　いや逆か。「しののめ」をどうして東雲と書くんだ？　「しののめ」は夜の明けはじめだから、東はいいとしても雲はどこから湧いてきたんだ？

日夏　自分の名だもの、わたしだって調べてみたわ。でもよくわからなかったの。「しののめ」はもともと「篠竹で編んだ明かり取りの目」で、それが「明かり取り」の意味になり、さらに転じて「夜明け」になったとあったわ。明かり取りや夜明けがどうして東の雲になったのでしょうね。清少納言が「春はあけぼの　ようよう白くなりゆく山ぎわ、少し明かりて紫だちたる雲の細くたなびきたる」といったことから、夜明けの雲を連想したのかしら。

智彦　清少納言は関係ないよ。だって「細くたなびく」といっているもの。篠竹の網目から連想される雲は「丸い点」だよ。網目だから「点」は一つでなくてたくさんあるが、細くたなびくものではないんだ。「しののめ」がたくさんの点であることは生きている証拠「シノノメサカタザメ」を見ればわかるよ。シノノメサカタザメは背中やひれに斑紋があることからその名がつけられたんだ。ところで、古代の住居の話だが、窓が一つだけとしたら東西南北どの位置にあったと思う？

翔　それは東だな。古代人は夜明けとともに活動をはじめたんだ。「明かり取り」をほかの位置にもってくるはずがないよ。

智彦　では次に「篠竹の明かり取り」から朝の光が差し込んだらどうなると思う？

日夏　床や壁に光が点々と映ったことでしょうね。

智彦　古代人はその光の点々を雲にたとえたんだ。

日夏　光の雲か。いいわね。すてきな答えをありがとう。

〈主要参考文献〉

■書籍

『日本古典文学大系1（古事記・祝詞）』岩波書店、一九五八年
『日本古典文学大系2（風土記）』岩波書店、一九五八年
『日本古典文学大系4（万葉集一）』岩波書店、一九五七年
『日本古典文学大系67（日本書紀 上）』岩波書店、一九七七年
『日本古典文学大系68（日本書紀 下）』岩波書店、一九七七年
『角川日本地名大辞典44（大分県）』角川書店、一九八〇年
松本清張著『小説と古史への旅』日本放送出版協会、一九八三年
斎藤忠著『猪群山 山頂巨石群の研究』猪群山を有名にする会、一九八三年
伊藤博著『万葉集 上巻』角川書店、一九八五年
伊藤博著『万葉集 下巻』角川書店、一九八五年
井上光貞監訳『日本書紀 上』中央公論社、一九八七年
井上光貞監訳『日本書紀 下』中央公論社、一九八七年
水野祐著『評釈 魏志倭人伝』雄山閣、一九八七年
宇治谷孟著『続日本紀 全現代語訳 上』講談社、一九九二年
宇治谷孟著『続日本紀 全現代語訳 中』講談社、一九九二年

■インターネット

「【中の太子 野中寺】金銅弥勒菩薩半跏像・台座の銘文【謎の中宮天皇と栢寺】」（ものづくりとことだまの国：https://www.zero-position.com/entry/2020/06/29/203000）
「出雲の語源」（島根観光ナビ：https://www.kankou-shimane.com/destination/20885）
「芝（しば）」（港区：https://www.city.minato.tokyo.jp/kouhou/kuse/gaiyo/chimerekishi/28.html）
「潮御崎神社」（熊野の観光名所：https://www.mikumano.net/meguri/sionomisakijinja.html）
「銅鐸出土地名表」（https://tokyox.matrix.jp）
「ひなもり（夷守）」（ひなもりオートキャンプ場：https://www.hinamori.jp/%E3%81%B2%E3%81%AA%E3%82%82%E3%82%8A%EF%BC%88%E5%A4%B7%E5%AE%88%EF%BC%89/）

田原明紀（たはら・あきのり）
1953年大分市に生まれる。大分大学経済学部卒。著書に『わたしの魏志倭人伝』（海鳥社,2016年）、『探証日本書紀の謎』（海鳥社,2021年）がある。大分県臼杵市在住。

かぎろいのうた　よみがえる人麻呂
■
2024年9月30日第1刷発行
■
著者 田原明紀
■
発行者 杉本雅子
発行所有限会社海鳥社
〒812-0023 福岡市博多区奈良屋町13番4号
電話092（272）0120FAX092（272）0121
http://www.kaichosha-f.co.jp
印刷・製本　大村印刷株式会社
［定価は表紙カバーに表示］
ISBN978-4-86656-172-1